A Subtração

A *subtração*
Alia Trabucco Zerán

traduzido por
Silvia Massimini Felix

Finalista do Man Booker International Prize 2019

© Editora Moinhos, 2020.
© Alia Trabucco Zeran 2014.
Todos os direitos reservados.

"Obra publicada no âmbito do Programa de Apoio à Tradução do Departamento de Assuntos Culturais (DIRAC) do Ministério das Relações Exteriores do Chile."

"Obra publicada en el marco del Programa de Apoyo a la Traducción de la Dirección de Asuntos Culturales (DIRAC) del Ministerio de Relaciones Exteriores de Chile."

Edição: Camila Araujo & Nathan Matos
Assistente Editorial: Sérgio Ricardo
Revisão: Ana Kércia Falconeri Felipe e Klauber Renan Dutra
Diagramação e Projeto Gráfico: Editora Moinhos
Capa: Sérgio Ricardo
Tradução do espanhol: Silvia Massimini Felix

Dados Internacionais de Catalogação na Publicação (CIP) de acordo com ISBD
Elaborado por Vagner Rodolfo da Silva — CRB-8/9410

Z58s
Zerán, Alia Trabucco
A subtração / Alia Trabucco Zerán; tradução de Silvia Massimini Felix.
Belo Horizonte, MG : Moinhos, 2020.
204 p. ; 14cm x 21cm.
Tradução de: La resta
ISBN: 978-65-5681-017-1
1. Literatura chilena. 2. Romance. I. Massimini Félix, Silvia. II. Título.
2020-1607
CDD 868.9933
CDU 821.134.2(83)

Elaborado por Odilio Hilario Moreira Junior — CRB-8/9949

Índice para catálogo sistemático:
1. Literatura chilena 868.9933
2. Literatura chilena 821.134.2(83)

Todos os direitos desta edição reservados à Editora Moinhos
www.editoramoinhos.com.br
contato@editoramoinhos.com.br
Facebook.com/EditoraMoinhos
Twitter.com/EditoraMoinhos
Instagram.com/EditoraMoinhos

Aos meus pais

"A coleta é nossa forma de luto."
Herta Müller, *Tudo o que tenho levo comigo*

11

Salteadinhos: um domingo sim, outro não, assim começaram os meus mortos, sem nenhuma disciplina, pulavam um fim de semana e outras vezes apareciam dois domingos seguidos, sempre me surpreendendo nos lugares mais estranhos: caídos nos pontos de ônibus, nas sarjetas, nos parques, pendurados nas pontes e nos semáforos, flutuando rapidinho pelo rio Mapocho, em cada canto de Santiago apareciam os corpos dominicais, cadáveres semanais ou quinzenais que eu ia somando de modo metódico e ordenado, e a cifra crescia como crescem a espuma, a raiva, a lava, subia sem parar embora justamente somar fosse o problema, porque não tinha sentido subir se todos sabem que os mortos caem, se mostram, se jogam, como o morto que encontrei jogado na calçada justo hoje, um morto solitário esperando muito tranquilo que eu chegasse, e só por acaso eu ia passando pela avenida Bustamante, procurando alguma pocilga pra tomar umas cervejas e fugir do calor, esse calor pegajoso que derrete até os cálculos mais frios; estou nisso, desesperado por um boteco pra me refrescar, quando vejo na esquina com a Rancagua um dos meus mortos rebeldes, sozinho e ainda morno, indeciso entre ficar de um lado ou se atirar pro outro, me esperava ali com a roupa errada, agasalhadinho com gorro e jaqueta de lã, como se a morte morasse no inverno e ele tivesse que ir visitá-la preparado, meu morto jazia numa esquina com a cabeça caída pra frente, e eu me aproximo rápido pra olhar bem nos seus olhos, me agacho e seguro o seu rosto pra surpreendê-lo, pesquisá-lo, possuí-lo, e então me dou conta de que não há olhos na sua cara, não, só pálpebras grossas que o escondem, pálpebras como muralhas, como capuzes, como cercas de arame farpado, e eu fico nervoso mas respiro fundo e me contenho, expiro, me abaixo e lambo o meu dedo gordo, deixo-o todinho molhado e o aproximo com cuidado da cara dele, e com calma levanto a sua pálpebra endurecida, devagarinho abro a cortina pra espiá-lo, pra forçá-lo, pra subtraí-lo, sim, mas um medo horrível golpeia o meu peito, um terror que me paralisa, porque o olho se empapuça de um líquido que não é azul nem verde nem castanho, é um olho negro que me observa, um olho de águas paradas, uma pupila embaçada pela noite, e eu caio no fundo das suas órbitas e me vejo clarinho na íris sombria do homem: afogado, derrotado, despedaçado naqueles buracos que ao menos me ajudam a entender a urgência, porque esse morto é um anúncio, é uma pista, é uma pressa, vejo o meu rosto enterrado no rosto dele, os meus olhos que me contemplam das suas órbitas, e entendo que tenho que me apressar de uma vez por todas, me esforçar pra chegar ao zero, sim, e justo quando recupero a calma e me preparo, quando pego o meu caderno pra anotá-lo, ouço ao longe o lamento insuportável, a ambulância acelerando enfurecida, obrigando-me a subtraí-lo rápido, de supetão, eliminá-lo, porque acrescentar sempre foi o problema e somar, a resposta equivocada: como igualar a quantidade de mortos nos túmulos?, como saber quantos nascem e quantos restam?, como ajustar a matemática da morte e as listas?, subtraindo, decompondo, destroçando corpos, é isso, usando a aritmética do fim dos tempos, e dessa forma, de maneira decisiva e terminante, amanhecer no último dia, cerrar os dentes e subtrair: dezesseis milhões, trezentos e quarenta e um mil, novecentos e vinte e oito menos três mil e tantos, menos cento e dezenove, menos um.

( )

Naquela noite caíram cinzas, ou talvez não. Talvez o cinza nada mais seja que o pano de fundo de minhas memórias e tudo o que aconteceu naquela noite foi uma chuvinha leve e uma grande festa, uma garoa teimosa e o nó que amarrava essa lembrança aos outros fios de minha infância.

O sol já se pusera e o torvelinho de abraços e beijos, de comovocêcresceu, comootempopassa, havia se acalmado ao cair da tarde. Eu tinha uma missão muito clara: escutar o barulho da campainha, verificar se os polegares estavam manchados de tinta e abrir a porta, se fosse o caso. Eu levara tão a sério a ordem de minha mãe (uma tarefa-*chave*, diria ela) que achei necessário dispensar minhas Barbies, enterrá-las para sempre no jardim e finalmente me transformar na guardiã da casa. Eu já era grande; seria a encarregada de vigiar a porta, pensei enquanto as afundava no barro, sem ter ideia de que pouco tempo depois as daria a Felipe, negras de terra.

Desempenhei fielmente meu papel de sentinela, recebendo uma penca de convidados ao mesmo tempo eufóricos e ansiosos que, depois de titubear diante do portão (o barro, o matagal, a insistência das ervas daninhas no chão), se perdiam no festejo que explodia do outro lado das janelas. Lembro-me muito bem de tudo isso, mas sem sombra de nostalgia. Lembro-me do cheiro úmido do barro, das folhinhas ovaladas de amora debaixo de minha língua, da terra que endurecia sob meus joelhos (transformando-me em cadáver, transformando-me em pedra). São imagens desempoeiradas, despojadas de saudades. Consegui domesticar minha nostalgia (mantenho-a presa a um poste, distante) e, além disso, não escolhi guardar essa lembrança. Aconteceu no dia 5 de outubro de 1988, mas não fui eu, e sim minha mãe, que decidiu que aquela noite não seria esquecida.

Já era tarde quando vi três desconhecidos se aproximarem do portão. Dois gigantes e uma garota de estatura mediana que demoraram muito para encontrar a campainha e começaram a recitar um nome errado, Claudia, Claudia, pronunciavam com certo temor, olhando nervosos para trás para ver se alguma sombra os perseguia. A garota foi a única que permaneceu muda e imóvel. Seu cabelo loiro, sua expressão aborrecida e um chiclete que saltava de um lado para o outro em sua boca a delataram como a menina que minha mãe anunciara de manhã (ajeite-se, cumprimente, espere, sorria). Ela nem sequer levantou a vista quando abri a porta. Imóvel: os olhos fixos na ponta das alpargatas brancas, as mãos enfiadas nos bolsos de uma calça jeans velha e fones de ouvido nas orelhas bastaram para me conquistar. À direita era escoltada por um homem loiro e barbudo que apoiava uma das mãos na cabeça dela (afundando-a, enterrando-a). E à sua esquerda, ereta como um álamo espigado, uma mulher muito séria me esquadrinhava, uma cara familiar mas distante, pensei, como se tivesse saído de uma foto antiga, de um filme, mas ela me interrompeu antes que eu conseguisse reconhecê-la. Esta é a Palomita, disse apontando para a garota, empurrando-a para que cruzasse o portão de uma vez por todas. E você deve ser a Iquela, né? Dê um abraço nela (ela me abraçou), ordenou a mulher forçando o gesto que Paloma e eu acatamos obedientes, fingindo que nos conhecíamos, que nos reencontrávamos (fingindo a nostalgia faminta de nossos pais).

Minha primeira impressão de Paloma foi a de uma estrela de rock. Ela se negou a sair do corredor quando entramos em casa e seus pais não tentaram convencê-la, desapareceram em um carrossel de abraços, de tantotempo, nãoacredito, a Ingridchegou, e quase sem nos dar conta, ela e eu ficamos sozinhas: duas estátuas impávidas diante do desfile de convidados que circulavam indecisos entre a sala e a cozinha, entre a cozinha e a sala de jantar, entre o entusiasmo e o medo. Ela estava escutando música e não parecia se importar com outra coisa que não fossem seus pés: seu calcanhar marcava o ritmo de uma melodia agitando-se furiosamente para baixo e para cima. Um, dois, silêncio. Um, dois. Eu não sabia o que dizer, o que fazer para interrompê-la ou superar a timidez que já me deixara quase sem unhas nos dedos. Estava acostumada a passar o tempo com os adultos e sua presença misteriosa, anunciada por minha mãe como o vaticínio de um anjo ou de um marciano, me mantivera ansiosa o dia inteiro. Em um silêncio rigoroso, com certeza arrastada contra a vontade para essa festa chatíssima, tudo o que Paloma me oferecia era o repique de seu calcanhar contra o chão, a única pista de sua música, pensei, e aproximei um de meus pés dos seus, mexendo-o só para me ajustar ao coro silencioso. Ela batia duas vezes, e eu outras duas. Depois de um tempo, quando estávamos quase dançando sem nos mexer, ela parou; ambas paramos. Paloma se postou diante de mim (dez, talvez quinze centímetros mais alta), pegou minha mão, virou a palma para cima e me entregou seus fones de ouvido. Ponha, disse com um sotaque desajeitado e uma voz estranha. Ponha e aperte o play, insistiu sem deixar de mastigar aquele verme amassado e albino. Ela mesma envolveu minhas orelhas com as almofadinhas pretas e me indicou, com um dedo nos lábios, que eu não fizesse barulho e a seguisse. E eu fui para perto dela, o mais perto possível de seu corpo, hipnotizada pela tira de seda que assomava por um cantinho de seu ombro, a ponta da trança como um anzol em sua cintura, e aquela música que nascia em um canto de minha cabeça: uma guitarra, uma voz, os lamentos mais tristes do mundo.

Tentando a todo custo passar despercebidas, Paloma e eu entramos na sala de jantar na ponta dos pés. Taças, copos, uma pilha de jornais, panfletos e um radinho de pilha ocupavam a mesa inteira, onde meu pai e o dela se davam palmadas nas costas, um tocando o rosto do outro como se necessitassem comprovar que seus nomes e seus corpos coincidiam. No rádio, o programa que meus pais escutavam toda noite estava quase começando, o maníaco rufar de tambores e o mesmo estribilho anunciando um sem-fim de más notícias (a trilha sonora daqueles anos, a interminável época dos tambores). Expliquei a Paloma que o rádio não era antigo, era de pilha para que estivéssemos preparados, para que não fôssemos surpreendidos por um corte de energia. Durante os apagões, Felipe e eu brincamos de noite, murmurei, aproximando a boca do ouvido dela. Brincamos de desaparecer, disse. Não sei se Paloma não me escutou ou só fingiu que não me ouvia. Afastou-se de mim e começou a comparar taças e copos, levantando-os, levando-os até a ponta do nariz e afastando-os com um gesto de nojo. Apenas dois sobreviveram à sua implacável seleção e ficaram diante de nós. Vinho branco ou vinho tinto?, perguntou então com uma voz gutural. Tinto, respondi (eu realmente disse *tinto*?, a lembrança se desvanece se eu tiver esquecido a resposta?).

Paloma me entregou a taça de vinho e escolheu um copo de uísque para ela. É delicioso, sussurrou, mexendo o gelo com o indicador. Beba, disse, beba o vinho, ou você não gosta, Iquela? Quantos anos você tem?, perguntou sem pestanejar, e notei milhares de sardas cravadas no rosto dela e, sob as sobrancelhas, uns olhos tão azuis que me pareceram falsos. Olhos de plástico. Olhos de mentira que me julgavam, me descobriam. Ela deu um sorrisinho ensaiado, mostrou os dentes como um robô, sem rir, cuspiu o verme na palma da mão e o amassou até convertê-lo em uma bolinha entre o indicador e o polegar. Você primeiro, disse apontando para a minha taça. É sua vez, insistiu, sem deixar em paz a massa cada vez mais rígida e arredondada. Eu respirei fundo, fechei os olhos e, inclinando a cabeça para trás, tomei o vinho de uma só vez. Um, dois, três goles intermináveis. Não pude evitar um calafrio e abri os olhos. Paloma estava terminando seu uísque sem mexer um só fio de cabelo. Uma das pedras de gelo se chocou entre seus dentes e ela abandonou o copo na mesa, satisfeita, impávida. Agora sim sorria.

Interrompendo uns aos outros, andando frenéticos pela sala, os convidados falavam cada vez mais alto, mais rápido, cada vez mais barulho e menos palavras. O rádio se impunha entre suas vozes: segunda contagem de votos. Minha mãe andava de um lado para o outro, nervosa. O que será que estão pensando, ela perguntava ao vazio, a qualquer um que quisesse responder. Será que os milicos respeitariam as eleições, se queriam outra bebida, mais gelo, se queriam que ela aumentasse o volume do rádio, e depois soltando gargalhadas metálicas, uma risada da qual me lembro muito bem. Eu não podia acreditar que minha mãe estivesse rindo daquela maneira, seus alaridos estridentes, a fenda de sua boca aberta (dentes branquíssimos à beira de um barranco). Não queria que Paloma a visse assim. Quis me aproximar dela, dizer-lhe mãe, eu te amo muito, mas fique quieta, por favor, fique quieta, eu imploro. Mas os rufares de tambor do rádio se sobrepuseram à sua risada, ou suas gargalhadas se converteram naqueles tambores que indicavam o momento de se calar, de ficar sérios e escutar a contagem, já apurados setenta e dois por cento dos votos.

Depois do noticiário, quando já não restava álcool na mesa, Paloma anunciou que queria fumar. Pegou minha mão e me levou pelo corredor. Lembro-me de que cambaleávamos. Eu estava tomada por uma sensação nova, uma zonzeira leve e feliz que Paloma interrompeu depois de alguns passos. E os seus cigarros, perguntou com seus erres travados, apertando minha mão e me contemplando com aqueles olhos que me obrigaram a ficar quieta e obedecê-la.

Levei-a ao quarto de meus pais, nos fundos da casa, aonde chegavam apenas alguns ruídos da festa. Tranquila, sem sequer olhar para trás, Paloma entrou e começou a esquadrinhar até o último canto. Eu, ao contrário, cerrei os olhos e fechei a porta (fechar os olhos para fechar o mundo, para não ser vista). Quando os abri, Paloma esperava inquieta. E então? Apontei a mesinha de cabeceira. Minha mãe guardava ali seus cigarros, os fósforos e os comprimidos que às vezes tomava, em algumas manhãs cinzentas e com certeza nas noites de apagão. Restava apenas um cigarro no maço de Barclays, mas Paloma abriu a gaveta, remexeu-a e logo descobriu um maço novo. Pegou também uma cartela de comprimidos e tudo isso desapareceu dentro de uma bolsinha vermelha que surgiu como por arte de magia pendurada em um de seus ombros (porque este é o tipo de coisa que a gente se lembra bem, o brilho feérico de uma bolsa vermelha).

O chão começava a se mover sob meus pés, o vaivém preguiçoso de um naufrágio que eu atravessava um pouco assustada, feliz e ao mesmo tempo temerosa de levar Paloma para ziguezaguear pela casa. Cruzamos juntas o corredor e a sala, e juntas deixamos para trás o murmúrio de vozes e de novas contagens, apurados oitenta e três por cento dos votos. Segurei a mão dela com todas as minhas forças e a levei para fora, para longe de onde seu pai e o meu gritavam um para o outro (o pai dela havia se levantado do sofá e o meu se escondia por trás de um par de óculos que dividiam sua cara ao meio). Apoiado contra a parede, cada vez mais longe de nós, meu pai dava batidinhas em sua taça com uma colher. Tim tim tim. Silêncio. Tim tim. Como se esse tilintar o protegesse da fúria que o alemão, o pai de Paloma, parecia ter cultivado durante anos para lançar-lhe naquele momento. Um minuto de silêncio, gritou meu pai e conseguiu uma pausa, um parêntese no qual aproveitou para fazer um brinde a uma lista de desconhecidos, várias pessoas com dois nomes e dois sobrenomes (como costumavam ser os nomes dos mortos). Fechei às minhas costas a porta envidraçada que dava para o terraço e por um momento ficamos caladas e no escuro (caíam cinzas?, chovia?). A luz havia sido cortada e os adultos tinham acabado de notar a escuridão: apagão, alguém cortou a força, aumentem o volume do rádio (e eu pensava em minha mãe e seus comprimidos, seus comprimidos). Paloma acendeu uma vela e tirou da bolsinha o maço de Barclays. É melhor a gente ir fumar, disse sem conseguir pronunciar o erre mas puxando com desenvoltura o lacre que envolvia o maço. Arrancou o papel dourado do interior, jogou-o no chão e deu uns tapinhas no maço com a palma da mão. Dois cigarros apareceram na ponta. Eu segurei o meu entre o indicador e o dedo médio, imitando minha mãe quando fumava. Paloma, ao contrário, levou o maço até a boca, pegou o filtro com os lábios e arrastou o cigarro para ela como se fosse um objeto muito frágil. Depois, inclinando o rosto, encostou a ponta do cigarro na chama da vela. Uma profissional. O fogo iluminou seus olhos e ela aspirou, entrecerrando-os (olhos vermelhos, pensei, olhos tintos). O tabaco se acendeu e uma fumaça branca e compacta ficou suspensa a poucos milímetros de seus lábios. Olhei para ela fascinada, com inveja, apurados oitenta e oito por cento dos votos, enquanto em sua boca nascia uma névoa que logo se desvanecia ao seu redor.

Não pude conter minha admiração. Pedi a ela que me ensinasse. Como tinha aprendido, desde quando fumava, como fazia para não tossir. Você nunca fumou?, perguntou ela aspirando de novo. Mas com certeza já experimentou esses comprimidos, né?, disse tirando uma das cápsulas da cartela e colocando-a na língua, em que ainda se demoravam uns restos de fumaça. Senti um mal-estar no estômago, uma ardência no peito, no rosto. Respondi que não, claro que nunca tinha fumado, que nojo, disse me concentrando em um ponto fixo no chão, um ponto diferente daquele que ela tinha visto quando entrou na casa e procurava na terra algo além de suas alpargatas, de meus pés, do barro, de mim mesma, um segredo que eu não fui capaz de descobrir. Eu disse que ela ia ficar com os dedos pretos, a pele opaca e os dentes amarelados. Esses comprimidos eram da minha mãe, pras manhãs cinzentas, pras noites de apagão. Ela me ignorou. Contou-me que fumava toda manhã antes de entrar no colégio, em Berlim, com suas amigas. Eu não sabia onde ficava Berlim, mas a imaginei soprando aqueles anéis de fumaça em um bosque enorme e verde-claro, e a odiei.

Dentro da casa a luz tinha voltado e o rádio retumbava, emudecendo-nos. O pai de Paloma gritava fora de si, com o dedo em riste apontado para o meu pai: dedo-durodemerda, cuzão, você não devia brindar por ninguém, filhodaputa. Minha mãe tinha acabado de entrar na sala e, ao vê-lo gritar, pegou uma taça qualquer, encheu-a e se aproximou com essa taça à sua frente, como se protegendo com o vidro, impondo uma distância envidraçada entre eles, implorando com aquele vinho tinto que se acalmasse, por favor, não vale a pena, Hans, vamos tomar uns tragos e comemorar as boas-novas, pra que isso agora, depois de tudo. É um dia especial, disse obrigando-o a aceitar a taça e conseguindo domar o dedo exaltado: há coisas sobre as quais é melhor não falar. A mãe de Paloma observava em silêncio, sentada no sofá, assistindo com uma expressão que me pareceu estranha, como se apenas em meio aos gritos, às cifras, como se apenas no centro da raiva reconhecesse minha mãe de verdade (Claudia, Consuelo, isso eu não saberia dizer). Meu pai, ao contrário, permanecia cabisbaixo e mudo. Parecia querer dizer algo, fumar um cigarro, escutar música até dormir (as pontas dos pés descobertas, o ruído estático da televisão), mas o alemão voltou ao ataque, bocudo de merda, enquanto a voz de meu pai continuava presa (e eu quis abraçá-lo, salvá-lo do que quer que fosse). Entre mim e Paloma se abriu um silêncio novo, uma pausa que eu interrompi quando já não pude evitar os gritos. Eu também quero fumar, disse, apurados noventa e três por cento dos votos. Eu também quero sair daqui, acrescentei, sem saber que esse desejo se manteria intacto por muitos anos.

    Paloma deu as costas para a porta de correr, pegou a caixinha de fósforos e aproximou de minha boca um cigarro já aceso. É melhor fumar, disse (vamos fumar, diria depois). É importante, insistiu agitando um cigarro entre os lábios. Eu assenti querendo lhe perguntar como se fazia, se meu peito ia doer, se a fumaça queimava, se eu iria sufocar por dentro.

Mas a chama se extinguia diante de mim e não havia tempo para perguntas.

Aspirei fundo sem pensar.

Aspirei e minha garganta se fechou como um punho.

Aspirei quando a porta se abria e minha mãe saía, me procurando.

Paloma deu um pulo, se afastando de mim.

Escondi o cigarro nas costas e por um segundo, enquanto minha mãe se aproximava, consegui conter a fumaça e a tosse. Minha mãe se abaixou e me olhou fixo (e a fumaça em meu peito enlouqueceu buscando saídas). Abraçou-me e me apertou com força (e os votos apurados eram milhares e o cigarro queimava entre meus dedos e o gigantesco pai de Paloma se aproximava rápido do meu e a fumaça empurrava meu peito procurando fugir). Minha mãe apertou meus ombros, enterrou as unhas em minha pele e me falou entre fungadas, sua voz se quebrando como os galhos de uma árvore morta: Iquela, minha filha, nunca se esqueça deste dia (porque eu não devia esquecer nada, nunca).

Jamais se esqueça, repetiu, e a tosse estalou seca dentro de mim. Subiu e me estremeceu até me deixar totalmente vazia.

O ar se tornara áspero como o vinho, as amoras, os erres. Um ar compacto, um céu fechado. Paloma voltou a se aproximar quando minha mãe já tinha ido embora, acariciou minhas costas, deu-me uns tapinhas e pôs três comprimidos na palma de minha mão (três branquíssimas reticências). Ela escolheu outros três que desapareceram em sua boca. Tome-os, disse, como me convidando a um ritual secreto. Tome-os agora, insistiu, e eu obedeci já sem pensar enquanto Paloma segurava meu rosto entre as mãos. Eu os engoli apesar do amargor, apesar do medo, enquanto ela se aproximava e seus olhos se fechavam (centenas de pares de olhos que não me viam). Eu fechei os meus querendo brincar de apagão, de noite, de desaparecer. Fechei-os e imaginei intermináveis bosques envoltos na névoa que brotava de sua boca. O beijo então foi inesperado. Um beijo de poucos segundos, nem curto nem demasiado longo, apenas o suficiente para que Paloma e eu víssemos o momento exato em que seu pai batia no meu, justo quando eu era tomada pela tosse que silenciava a última contagem de votos, justo quando minha mãe abraçava outra pessoa para que também ela não se esquecesse daquele dia.

10

O destino de uma pessoa é morrer e o meu é encontrá-la, sempre descobrir mortos, do inesquecível primeiro morto dominical em diante, aquele cadáver pioneiro que mudou tudo, sim, porque esperava muito atento que eu o subtraísse, olhando-me com os seus grandes olhos ali do chão, e eu também olhei pra ele sem pestanejar e foi amor à primeira vista: soube que aquele cadáver na Plaza de Armas me pertencia, claro, mas isso não significa que eu ande por aí procurando mortos, sem motivo algum, são eles que me encontram embora alguns digam o contrário, como a minha vó Elsa, que sempre dizia: cada um vê o que quer ver, Felipito, e parece que o que eu quero ver são os mortos, porque desde aquela época eles chegam infalivelmente e sem ser convidados, em dias úteis e não úteis também, sem respeitar nem ao menos o Ano-Novo, porque no começo eram dominicais, é verdade, mas já não respeitam nenhum horário, aparecem sem parar: estou tranquilinho passeando por Yungay, trôpego por causa do calor, quando vejo sentado na sarjeta um cara encolhido como um contorcionista, a cabeça enfiada entre as pernas, o pescoço torto, e claro, com essa pinta qualquer um ia achar que é um bêbado, os restos da farra do fim de semana ou alguém que já não pode com o calor de merda de Santiago, mas não, é um morto; e depois aquilo de subir no ônibus e reparar que o cara sentadinho lá atrás, o que comprime a bochecha contra o vidro, não está deixando nem sombra do seu hálito na janela, não, esse também é um morto; e depois basta aguçar o olhar, ter olho de lince, olho de gado, olho de boi pra vê-los em todo lugar, é coisa de descer do ônibus, dilatar cada um dos olhos da pele e ver que o cara esperando no ponto de ônibus com certeza chegou tarde, esse também esticou as canelas, porque eles chegam assim, sem anúncio e sem fanfarra, e eu anoto no meu caderno como na contagem de votos das eleições: de cinco em cinco vou subtraindo-os, desde o primeiro, aquele que apareceu com a noite já alta, comigo distraído vagando pela Plaza de Armas, vendo as ratazanas comerem os restos de amendoim caramelizado, era isso que eu estava fazendo, tomando ar antes da emergência, cheirando as flores negras na noite negra, tentando ventilar as ideias do dia, quando de repente vejo uma coisa esquisita no meio da praça, ali onde existia uma forca, onde penduravam os ladrões, os ateus, os infiéis, naquele lugar vejo algo incomum e me aproximo, sim, e por um momento acho que é um vira-lata cochilando e ando com cautela pra acariciá-lo, mas quando estou ao seu lado me dou conta de que é outra coisa, é um homem ou uma mulher, ou melhor, acho que é um homem e uma mulher ao mesmo tempo, e vejo que o coitado está caído de costas como apenas um morto se estenderia: o excelentíssimo morto deslocado, solene, quietinho, com um lenço vermelho na cabeça, uma saia grossa e quadriculada, meias furadas e chinelos de borracha verde-água, lá estava ele com a sua cara larga mas sem cara, como se os olhos tivessem se afundado na pele pra se esconder, sim, e eu fiquei olhando pra ele e também olhando pras pombas, porque ele era velado por doze pombas que arrulhavam um coro de canções fúnebres, e também havia percevejos entre as suas meias e ratazanas e vira-latas que o farejavam e lamentavam, e então eu, um pouco surpreso mas nem tanto, me tranquilizei pensando que ao menos era de noite e não de dia, porque qualquer um sabe que a gente pensa coisas diferentes quando é de noite e eu pensei que aquela praça não era um lugar ruim pra morrer, aí onde tudo começa ou tudo termina, foi isso que eu pensei, mas depois me distraí e lembrei de quando era um pivetinho e pelo menos avisavam na televisão se ia passar algum morto na tela, quando a loira do Canal 7 dizia: as próximas imagens não são aconselhadas para pessoas sensíveis nem menores de idade, era isso que a magricela falava, e a minha vó Elsa com certeza era sensível porque tapava os olhos com as mãos ossudas e se remexia toda até que a parte feia acabasse, mas pra mim aquilo não significava nada, não, e eu continuava agachado diante da televisão olhando os mortos no chão, os seus ossos, ou melhor, uma massa de ossos no fundo de um riacho onde havia um monte deles: centenas de esqueletos juntos, se aquecendo, se tocando, e eu com os olhos arregalados pensava que eram lindos, maravilhosos os ossos brancos, porque eu era apaixonado pela cor branca, branco-ossobuco, claro, e é porque eu amava o ossobuco com a sua medula gelatinosa branco-chumbo, aquele branco idêntico ao da tina de Chinquihue, a tina meio suja onde eu me enfiava depois das notícias pra ficar branco e desaparecer; abria a torneira de água fria até o fim, tirava a roupa e me enfiava pelado na tina pra espiar os dedos dos pés, esperando que as minhas unhas ficassem brancas, mas nunca ficavam, não, ficavam azuis, as unhas azuis sob

a água gelada, a pele de galinha e, depois de um instante,
a pele enrugada como as tâmaras, os elefantes, os tomates
assados, a minha própria casca a ponto de sair, a minha pele
querendo se desprender, e era justamente isto que eu queria
debaixo da água fria em Chinquihue: queria me desprender,
mas não conseguia, porque a minha vó Elsa chegava, bem
naquele ponto, pra me dizer: mas meu menino, meu filhinho,
que merda você está fazendo enfiado aí, que puta chucro que
você me saiu, e depois me tirava da água e quando eu saía
sentia um frio horrível que me cravava agulhas na pele, e eu
ficava envergonhado e a minha vó me abraçava e me enxugava
com uma toalha branca, serra serra serrador, e me dizia que
se eu continuasse me comportando mal ela ia me levar pra
Santiago com a Iquela, e em Santiago me esperava aquele
calor pegajoso e também o Rodolfo e a sua cicatriz enorme, e
a Consuelo com a sua amargura e o seu cheiro de compaixão
e as tristes frutas-do-conde, e então, apesar da toalha branca, as ideias da noite se impunham, formigas enlouquecidas
cobrindo o meu couro cabeludo, sim, e a minha vó afastava
as ideias negras com a toalha, batia nelas, espantava-as e me
dizia menino-chucro, era isso que dizia a minha vó Elsa me
enxugando inteiro pra alisar a minha pele, pra esticar a minha
pele enrugada nos ossos, aqueles ossos fracos que se percebia
por baixo da minha roupa e que também se notava nas fossas
do chão, aqueles ossos que sempre transmitiam na tevê, sim,
mas com um aviso prévio pelo menos, não como agora, que
aparecem assim sem mais nem menos, um atrás do outro aparecem os mortos de Santiago, essa cidade mortuária que com
certeza não é sensível nem menor de idade.

( )

O telefone me surpreendeu em uma hora incomum. Eu estava tentando traduzir para o castelhano uma frase intraduzível, com câimbra depois de permanecer várias horas imóvel na mesma posição, quando soou o timbre insuportável. Se fossem nove e quinze da manhã, eu teria adivinhado que era ela. Seu horário imperturbável, nove e quinze, todos os dias. Impossível que fosse minha mãe às três da tarde. Interrompi meu trabalho sem deixar de pensar que a tradução me deixava em uma sinuca de bico. Havia um erro no original em inglês e eu estava me debatendo entre traduzir a frase ou corrigi-la: traduzir fielmente o erro, reproduzindo-o em espanhol, ou fazer uma tradução incorreta, alterando o original. E, ainda aturdida por essa armadilha, irritada pelo formigamento que teimava em subir por uma de minhas pernas, atendi.

Ela falou bem devagar, calculando pausas exatas entre a respiração e suas palavras, sem cumprimentar nem comentar o tempo, o maldito calor, qualquer coisa para suavizar as más notícias. Usou o tom de urgência que ela sabia tramar tão bem, martelando cada sílaba para que se cravasse lá no fundo de minha cabeça: Morreu (e uma vertigem em que morreram plantas, animais de estimação, amigos), a-Ingrid, disse. Fiquei muda tentando achar um rosto para esse nome, unir imagens e perfis: a Ingrid, a Ingrid. Claro que eu me lembrava dela (um álamo espigado tocando a campainha). Permaneci em silêncio, um parêntese longo e tenso, e disse à minha mãe que não, que não tinha a menor ideia de quem era essa tal de Ingrid. Consegui irritá-la por um segundo e ela me avisou indignada que a filha ia chegar a Santiago no dia seguinte, que eu tinha de ir buscar seu carro e apanhá-la no aeroporto, que ela não podia sair com aquele calorão. O nome dela é Paloma, disse, como é possível que você nunca se lembre de nada?

A caminho do aeroporto, não parei de transpirar. Na verdade eu estava transpirando há semanas, mas enfiada no carro dela o calor era insuportável. E não era só ali dentro. Pelas janelas entrava um ar pesado e morno: o hálito de todas as bocas se aproximando da minha. Fechei as janelas e sequei as gotas que se acumulavam na minha testa e no pescoço. Desesperador. Não chovia há meses e o calor se instalara em Santiago sem intenção de ir embora. No início os jornais faziam manchetes do clima: ONDA DE CALOR DESTRÓI CENTENAS DE PLANTAÇÕES; HECATOMBE AGRÍCOLA NA ZONA CENTRAL. Mas os 36,6, 36,7, 36,8 graus que escalavam os termômetros em pleno outono já não interessavam a mais ninguém. As pessoas pareciam ter se acostumado a esse eterno verão, menos eu, que insistia em procurar alguma sombra assim que saía à rua. Atravessava as calçadas perseguindo árvores e toldos, apesar de saber que o problema não era o sol. O calor, o maldito calor, tinha outra origem: era subterrâneo, levantando a podridão do chão, envolvendo os corpos desde os pés; aquele calor anunciava as cinzas. Mas as cinzas me pegavam desprevenida. Eu gostava do cinza que tingia parques e jardins, o cinza que pousava sobre os telhados e as casas – o cinza inclusive me aliviava. O difícil era a iminência, a espera. O calor era meu verdadeiro pesadelo, ou pior ainda: a certeza de um futuro pesadelo.

A zona de desembarque do aeroporto esvaziou e voltou a se encher algumas vezes enquanto eu ouvia música, revivia os pormenores de nosso primeiro encontro e olhava distraída à minha volta: os gestos ansiosos daqueles que esperavam quando as portas se abriam, seu vaivém de pinguins mecânicos (apoiar-se em um pé, depois no outro), os sorrisos burocráticos das aeromoças. Toda essa gente encurralada, esgotada pela escassez de assentos e por sua própria incerteza, mas desfrutando da doce espera. Afinal, eram pessoas acostumadas a esperar (nos aeroportos, nos consultórios, nos tribunais, nos pontos de ônibus). Não tinha sentido ficar ali nem mais um minuto, regurgitando a promessa de fuga que permanecia intacta desde aquela visita de Paloma. Minhas fantasias desde então, meus devaneios de dias, de anos, e que nessa sala de espera queriam explodir em minha cabeça, haviam se limitado a vagos flertes com algum meio de transporte: o último assento de um vagão de trem ou meu polegar suplicando em uma longa estrada. Nunca me importei com o destino. Eu planejava essa viagem como se planeja uma fuga. Sair. Sair de Santiago a todo custo. Economizei o suficiente para me afastar por uns mil quilômetros em qualquer direção, embora a única direção que minha vida tivesse tomado ficava a oito quarteirões e meio da casa de minha mãe.

Espiei pela última vez através das portas automáticas, imaginando o discurso de minha mãe sobre minha preguiça e minha impaciência quando voltasse para devolver seu carro sozinha, sem Paloma. Olhei sem expectativa, convencida de que ela não me reconhecera e tinha ido embora por conta própria, mas então a vi.

Um grupo de taxistas a importunava com cartazes e perguntas que ela parecia não escutar: Paloma com uma maleta muito pequena a seus pés e um cigarro aceso na mão, shorts curtíssimos, o cabelo loiro preso em desalinho no alto da cabeça e uma camiseta branca que ela sacudia tentando se refrescar. Fumava diante do estupor de um policial que parecia não acreditar em seus olhos e se debatia entre multá-la ou deixá-la fazer o que quisesse. E ela fumava, impávida. Suas feições haviam perdido a redondeza da infância, mas sardas minúsculas ainda cobriam boa parte de seu rosto (rostos que se sobrepunham sobre a própria pele: Paloma criança, Paloma adulta, outra vez a menina e sua mãe morta). Suas sobrancelhas pareciam mais escuras que o cabelo e o rímel acentuava-lhe o contorno dos olhos, que eu esperava ver avermelhados. Mas ela estava tranquila, muito tranquila. Como se ninguém tivesse morrido ou ela ainda contemplasse pela janelinha do avião a cidade enterrada entre os cerros, Paloma pegou com uma das mãos sua câmera fotográfica, uma máquina antiga pendurada no pescoço, e fotografou um anúncio colado na parede. Parecia despreocupada, inclusive relaxada, enquanto examinava a garrafa de pisco vermelha, laranja, verde, violeta: mudava de cor segundo a perspectiva. Paloma ficou na ponta dos pés, agachou-se e mudou de posição várias vezes, tentando conseguir o melhor ângulo possível enquanto um dos taxistas, um sujeito gordo e suado, observava com atenção seu curioso ritual. Caminhei na direção deles para intervir e, à medida que me aproximava, cada vez mais rápida, mais decidida, fiquei surpresa em reconhecer suas sobrancelhas franzidas, as covinhas perfurando os cantos de sua boca, a leveza com que Paloma alternava entre um movimento e outro: abanar-se, tirar uma foto, fumar o cigarro. O taxista fingiu que alguém o chamava, se esgueirou entre as pessoas que esperavam e Paloma tirou os olhos da garrafa de pisco. Estava suando. Uma mecha loira ficou colada no meio de sua testa, dando-lhe um aspecto desleixado e atormentado que não mudaria naquele dia nem nos próximos. Paloma bateu as cinzas do cigarro e me devolveu uma expressão vazia: absoluto desinteresse. E foi esse gesto, esse olhar, que me levou a dar dois passos para abraçá-la. Paloma estendeu um dos braços bem a tempo e, inclinando-se para trás, retrocedendo de forma gradual embora inegável, me deu uma palmadinha no ombro, evitando com certa elegância meu abraço desmedido. Iquela, disse então, como se me chamar fosse parte do ritual ou ela convocasse, com meu nome, uma presença que de outro modo seria fantasmagórica. Tive a sensação de ter pisado em um degrau inexistente. Ela, no entanto, pareceu não notar. Apagou o cigarro e me agradeceu por ter ido buscá-la. Pensei que era a Consuelo que viria, disse com um sorriso cordial, os olhos descansando em um ponto fixo além de meu rosto, do aeroporto, de uma cidade na qual ela ainda não havia aterrissado (aqueles olhos falsos, olhos de mentira).

Paloma me soou estranha quando falou. Talvez eu esperasse escutar sua voz de criança, aquele tom áspero que ainda rondava minhas lembranças e que em nada se parecia com o acento neutro com que respondeu às minhas perguntas. Achei que ela falaria o castelhano desajeitado de 88. Mas ela havia aprendido a engolir consoantes e sílabas completas, a inspirar os esses como se lhe custasse dizê-los, a preencher as pausas com comentários sobre o calor e a poluição, tentado evitar os silêncios, como eu fazia: sem sucesso. Porque, depois dos cumprimentos e das perguntas de costume, se abriu entre nós uma pausa enorme, ideal para que eu mencionasse sua mãe e lhe devolvesse uma palmadinha distante no ombro. Sinto muito pela sua mãe, nem imagino o que você deve estar sentindo, meus sentimentos, lamento pela sua perda. Cada condolência soava pior que a anterior e eu só conseguia pensar em orações frias e formais, como se funcionassem melhor em inglês e fossem traduções equivocadas.

Resisti ao silêncio construindo uma lista mental do espaço, evitando assim que o incômodo se refletisse em meus olhos, sempre incapazes de dissimular (e contei doze malas arrastadas por corpos exaustos, um colar de pérolas sustentando uma papada, dois cartazes de cartolina com sobrenomes estrangeiros e três voos atrasados, suspensos, cancelados).

Paloma tocou meu ombro e me perguntou no que eu estava pensando. A lista ficou pela metade. Era o tipo de pergunta que minha mãe faria; o tipo de pergunta que com certeza lhe faziam quando se distraía ou ficava quieta. Não era possível aterrissar, cumprimentar e pretender descobrir o que se passava pela cabeça de uma pessoa. Não respondi.

Responder a Paloma não estava na lista que já se desfazia em minha mente. Além disso, a única coisa que eu queria saber – o lugar em que guardavam os caixões no avião –, a única coisa em que pude pensar quando vi a maleta a seus pés, não me pareceu a mais apropriada para iniciar uma conversa entre nós.

Falei que jantaríamos às oito na casa de minha mãe. Que se ela preferisse poderíamos deixar suas coisas antes, para que ela não ficasse andando com tanta bagagem durante o resto do dia. Ela se limitou a me mostrar o tamanho de sua maleta e disse que não havia problema, mas insistiu no fato de que parecia estranho que Consuelo não tivesse ido ao aeroporto. Ao telefone, ela me falou que viria pessoalmente me pegar, disse Paloma forçando um pouco os esses, como se eles encontrassem um obstáculo em sua língua (um parafuso, uma flecha, um prego enferrujado). A Consuelo prometeu, insistiu Paloma, e eu não pude deixar de olhar para o piercing brilhante e como ele naufragava em sua língua. Aconteceu alguma coisa com ela? Ela está bem? (e me esforcei para afastar a vista de sua língua e enumerei três bitucas esmagadas no chão). Sem levantar os olhos, assenti. Claro que minha mãe estava bem. O problema não era esse, e sim a quem ela incluía em seu *pessoalmente*, no *eu* te pego. Mas não falei isso. Sugeri apenas que déssemos uma volta por Santiago antes de comer. Tínhamos tempo de sobra antes daquele jantar que ameaçava me enlouquecer.

Minhas visitas rotineiras eram breves, como se nos esbarrássemos por acaso em uma esquina e eu tivesse algo muito importante para fazer a poucos quarteirões dali. Nove e quinze da manhã: o toque do telefone. Nove e vinte: comprar o jornal, o pão, comprar um pouco de tempo. Nove e quarenta: percorrer os oito quarteirões e meio para encontrá-la sempre no jardim (regando a grama, as lajotas, o vime descascado dos móveis velhos). Então tinha início nossa sucessão de interrupções: conversávamos e minha mãe cozinhava ou tirava a maquiagem, conversávamos e ela regava ou guardava as compras do dia, conversávamos e ela recordava, é claro, obrigando-me a prolongar minha visita por vinte minutos, meia hora, trinta e cinco minutos que se arrastavam lentíssimos enquanto minha mãe repassava as mesmas histórias, com os mesmos lamentos e as mesmas ênfases. Jamais conversávamos cara a cara e muito menos em um jantar. Meus olhos eram o problema: não sabiam sustentar aquele olhar (sustentar o peso de todas as coisas que ela já tinha visto). Recaíam nervosos em seus lábios finos, nas cicatrizes dos pregos que perfuravam as paredes. E se eu conseguisse forçá-los, se respirasse fundo e conseguisse por um momento sustentar aquele olhar, minha mãe arremetia implacável: você tem os meus olhos, Iquela, cada dia se parece mais comigo (e o peso de todas as coisas me devolvia a vista ao chão).

Como se já pudesse sentir a tensão do jantar ou seu corpo estivesse se preparando de antemão, Paloma começou a balançar uma das pernas assim que entramos no carro; um tique nervoso que eu não tentei acalmar. Sintonizou e mudou de estação, fechou e abriu a janela várias vezes, e fumou sem parar durante todo o caminho. Um cigarro atrás do outro, acendendo o novo na brasa do anterior. Só se acalmou quando se lembrou de seu celular e o sintonizou com o rádio. Uma música lenta e um pouco triste a tranquilizou (uma mulher, um violão, uma melodia sem palavras). Eu dirigia prestando mais atenção no que ela fazia ou deixava de fazer do que escolhendo o melhor caminho, o mais vazio. E, talvez animada pelo desejo de adiar o início do jantar, de talvez nos perder, correndo o risco inclusive de não chegar nunca, me desviei do caminho e sugeri que passeássemos um pouco para que ela visse a cidade lá do alto. Você consegue ver Santiago melhor se sair de Santiago, disse a ela, e acelerei sem esperar resposta.

9

Por mais que eu esteja acompanhado ou que outras pessoas passem pelo mesmo lugar, sempre sou eu que os encontro, sempre as minhas centenas de olhos se dilatam, enormes, e os veem, mas a Iquela, ao contrário, não vê nada: ela vai andando despreocupada, falando do reflexo do sol nas ameixeiras, mostrando as sombras dos prédios que se alongam no chão, e eu só concordo, aham, lhe digo, hmmm, que interessante, Ique, mas eu nunca vejo essas coisas, nunca vejo coisas bonitas, claras e comuns, e ela, por outro lado, não vê coisas feias, estranhas e importantes, não vê mortos, por exemplo, nem o velho que mijava numa garrafa de refrigerante na avenida 10 de Julio, insistindo pra ver se o xixi saía gaseificado, e a Iquela só tagarelando sobre a terra dourada ao entardecer, que chata, por favor!, mas isso eu não lhe digo, não, porque senão a gente briga, e quem vai me emprestar o sofá quando eu estiver em Santiago e não tiver dinheiro?, por isso me faço de bobo e digo hmmm, sim, uma maravilha, Ique, e vamos andando enquanto eu piso nas folhas mais farfalhantes e marrons, e a Iquela sempre diz: shhh, para com isso, Felipe!, porque ela quer que eu fique quieto, a princesinha, como se o famoso chão dourado só pudesse ser apreciado em estado zen, e o que acontece é que a Iquela sempre anda assim, mais séria que uma estátua grega, eu ao contrário ando nervoso, porque fico irritadíssimo com muito silêncio, desde pequeno eu gosto do barulho, de uma grande agitação pra não escutar tanto palavrório na minha cabeça, por isso ando ouvindo música, ponho os fones de ouvido e é um santo remédio, mas a bateria acaba a torto e a direito e o que eu faço então é pisar em folhas marrom-escuras e barulhentas, e enquanto elas farfalham penso em coisas crocantes, pra ver se o ruído dessas ideias faz silenciar as de dentro, e então sempre me lembro da minha vó Elsa sentada na cozinha lá em Chinquihue e o barulho que a casca do ovo fazia entre os seus dedos, porque era preciso misturar a casca moída com leite, só um pouquinho de leite, e bastante casca pra dar ao cachorrinho desnutrido, dizia ela, pra que tenha cálcio, insistia, e a casca estalava e ela a misturava com algumas gotinhas brancas de leite e dava ao cachorrinho solitário, ao vira-lata desnutrido que chegava à sua porta com as orelhinhas caídas e o focinho úmido, certa manhã tinha aparecido tremendo porque a cadela-mamãe não o queria, a cadela-mamãe tinha ido embora e do cachorro-papai não se sabia nada, disse a minha vó pegando-o no colo, e eu soube na mesma hora que ela sim ia amá-lo, porque a minha vó Elsa amava todo mundo como a um filho: o cachorrinho, as galinhas, o papagaio Evaristo e eu, claro, se ela até me pedia que a chamasse de mamãe, mãezinha, mamãezinha, mas eu era chucro e não lhe dizia nada, porém olhava com atenção como o meu cachorrinho-irmão lambia o seu leite, como enfiava a língua porosa no leite coalhado, sim, e eu adorava ver aquela língua umedecida, gostava de vê-lo se engasgar enquanto não parava de chover, choviam canivetes sobre o barro, sobre o telhado, sobre mim mesmo, e as unhas do vira-lata se cravavam no tapete e os meus olhos se cravavam no seu pelo, e o filhote lambia o leite e engasgava e então tossia, sim, e eu tossia também pra que ele e eu nos parecêssemos, tossíamos juntos num coro de tosses animais, e só assim a minha vó me convencia de que eu também tinha que comer alguma coisa, porque eu não gostava de ovo cozido e lá estava o ovo perpétuo no meu prato, que nojo, vó!, e é que a clara é muito lisa e eu não gosto de coisas lisas, mas se o meu cachorro-irmão comia até a casca do ovo então eu também podia engolir, assim me persuadia a minha vó Elsa, e penso nela enquanto pisoteio as folhas secas em Santiago: penso em coisas crocantes como a chuva de Chinquihue e as *nalcas* estalando entre os meus dentes, as réstias de *piures* penduradas na parede e a lenha estalando nas lareiras, e também penso no papagaio Evaristo preso na gaiola da cozinha, barulhento por fora e silencioso por dentro, quietinho, louro!, dizia a minha vó Elsa, foi ele quem me fez entender a verdadeira chave da matemática: que a ordem importava, sim, a ordem alterava o produto e também era importante distinguir o todo das partes; e é porque o Evaristo me vigiava com o seu olho redondinho e dilatado, eu me mexia e lá estava o seu olho me prendendo, porque o meu reflexo ficava encarcerado e eu adorava me ver refletido ali, gostava tanto que queria olhar mais de perto, ver-me a mim mesmo do seu ponto de vista, por isso enfiei a mão na sua gaiola, primeiro um pouquinho, depois mais um pouco, e o Evaristo foi retrocedendo, também devagarinho, até topar com as barras de ferro finas, cinzentas e frias, e então eu o agarrei pra sentir o seu corpinho morno, as suas penas macias e o seu bater de asas atormentado, porque o pobre lourinho não queria sair, não, mas eu não tinha alternativa, devia comprovar ou refutar a minha hipótese, era isto que diziam os professores do colégio da Iquela: as hipóteses são refutadas ou comprovadas, crianças, então o agarrei de repente e ele apertou as asas contra o corpo e se pôs a pipilar, claro, por isso penso no Evaristo como uma ideia sonora, pelo barulho, sim, então o levei ao meu quarto lá embaixo, pra que minha vó Elsa não o escutasse, e já dentro do quarto fiquei olhando pra ele por um bom tempo pra conhecê-lo, porque não importava como as pessoas eram por fora, essas coisas são superficiais, filhinho, dizia a minha vó, o que importa de verdade é o que está aqui dentro, meu menino, então comecei a tirar as penas do Evaristo, tirei uma a uma, as penas verdes e macias e superficiais, sim, fui depenando-o devagarinho e colocando as penas na mesa, e ele era morno e ficou quietinho, porque parece que por dentro o Evaristo era silencioso, foi isso que eu pensei arrumando as penas em forma de leque, um leque grande e verde e meu, pensei que na verdade havia muito mais coisas lá dentro, coisas como a sua voz estridente e as suas ideias e cada um dos seus ossos, sim, era isso que eu queria ver, e por isso enterrei a ponta de um garfo afiado no pescoço dele, e saiu gorgolejando um jorro de sangue vermelho e brilhante e bonito, e lá no fundo vi os seus ossos pequenininhos e também vermelhos, porque não é verdade que os ossos são brancos, não, são vermelhos, vermelhíssimos, por isso ninguém encontra o que está procurando, porque nem sabem o que procuram e também não sabem que nunca devemos rastrear o todo, não, são as partes que valem, pensei nisso contemplando as penas daquele leque verde e circular e a poça avermelhada e a pele enrugada em cima da minha mesa, me perguntei o que estava faltando pra reunir as partes, pra montar de novo o todo e devolver o Evaristo à sua gaiola, o que está faltando, o que está faltando, e o que faltava era a sua voz, isto é, estava na cara, pensei, porque ele ficou bem quietinho e eu não gosto de silêncio, e apenas então me dei conta de que não sabia onde ela estava, tinha perdido a voz do Evaristo e não existe nenhum pássaro afônico no mundo, não, não poderia remontá-lo, então peguei as penas e a pele e o sangue bonito e cristalino e enfiei tudo numa caixinha de sapatos e o que fiz foi sair, sair e andar sem rumo lá no campo, levá-lo na sua caixa de papelão até onde as vacas pastavam em Chinquihue, foi isso que eu fiz, e o cachorrinho-irmão me seguiu de perto enquanto eu andava, quase pisando nos meus calcanhares, e juntos escolhemos um lugar lindo e amplo e ali nos estatelamos, sim, o cachorrinho e eu fizemos um buraco grande, ajoelhados, com as suas patas e as minhas mãos nós dois cavamos um buraco fundo, tão fundo como aquele que eu tinha visto na televisão, uma fossa enorme entre os arbustos de hortelã e manjericão, e no fundo desse buraco enfiamos as partes do Evaristo e cobrimos os seus restos com barro e musgo e folhas, um grande monte de terra molhada, e só então fiquei com pena, uma pena negra e viscosa, uma tristeza que me forçou a fechar os olhos e sentir o vazio na minha cabeça, a brancura explodindo nos meus olhos, a dor branca das linhas: listras horizontais intermitentes, linhas pontilhadas que diziam menos, menos, menos, sim, e o meu vira-lata-irmão ficou nervoso e começou a uivar ao meu lado, e esse uivo longo, esse grito agudo, foi a sua primeira palavra, um uivo lindo e dolorido que eu imitei com todas as minhas forças, porque eu também uivei e uivando saíram de mim lágrimas salgadas, lágrimas porque o todo não era o mesmo que as partes, porque por dentro a gente podia ser vermelho e silencioso e por fora verde e muito barulhento, e porque na verdade aquele foi o meu primeiro morto, aquele e não o da Plaza de Armas, porque no fim das contas os mortos são mortos, e quando existem mortos é preciso uivar, sim, uivar até que não nos reste voz, até que não nos reste nada.

( )

Confinamento e umidade. Essa foi minha impressão quando entrei na casa de minha mãe. As janelas e as cortinas fechadas, o corredor às escuras e apenas uma lâmpada iluminando algumas flores murchas na sala de jantar completavam uma cena lúgubre, de abandono calculado. Paloma me seguiu até a mesa, sentou-se no que costumava ser meu lugar e começou a falar com desembaraço, como se o abraço de minha mãe tivesse sido o único culpado por seu incômodo. Ela gostaria de ter recebido uma palmadinha fria, um oi Consuelo tímido e formal, mas minha mãe a abraçou forte quando entramos no jardim (ombros tensos, amoras amargas, pés açoitando o chão). Apenas depois de um momento, com Paloma ainda oscilando entre a irritação e o embaraço, minha mãe se afastou de seu peito e a contemplou com a mesma amargura com a qual muitas vezes me olhava: como um objeto irremediavelmente quebrado. Idêntica, sentenciou soltando de repente seu queixo. Com exceção dos olhos, você é igualzinha à Ingrid (e com isso quis dizer olhos ocos, vazios).

Já recuperada dos cumprimentos, com uma taça de vinho na mesa e minha mãe a alguns necessários metros de distância, Paloma pareceu mais animada, inclusive contente de poder treinar o espanhol que me pareceu temeroso no início e mais seguro depois de um tempo. Enumerou uma série de cidades em que havia vivido na infância: Munique, Frankfurt, Hamburgo, Berlim (e eu a odiei por essas cidades, por ter ido embora tantas vezes). Falou de Ingrid, de suas mudanças, como havia sido sua vida lá fora (fora de quê, eu não tinha certeza). Ela sempre quis voltar, disse à minha mãe, que entrava e saía da sala de jantar trazendo água, vinho, aparentando desinteresse. Não sei por que não voltou ao Chile se não parava de falar de vocês, acrescentou Paloma examinando as palmas das mãos, como se ali se ocultasse uma desculpa tardia e sentida.

Sentei-me à sua frente, no lugar que Felipe ocupava quando éramos crianças, e foi esse ângulo que me permitiu notar uma mudança nas paredes. Não estavam mais ali as dezenas de pregos perfurando as paredes, recordando-me a ausência dos quadros que minha mãe tinha tirado porque os tremores, os terremotos, ninguém sabia quando o caos pode acontecer, Iquela, tire todos, por favor, tinha me dito, e as paredes haviam se povoado de cicatrizes que eu reconhecia como um perfeito mapa da casa. Agora ali apareciam paisagens desconhecidas (um pássaro que ardia em um céu cinzento, um bosque se insinuando aos pés de uma montanha).

Minha mãe saía com mais frequência do que estava disposta a admitir e me fazia saber disso com pistas como esses quadros ou as rosas murchas em cima da mesa (flores estranhas, forasteiras, rosas que minha mãe conseguira sem minha ajuda). Havia declarado que não sairia mais, só posso me sentir segura nessa casa, anunciou certo dia devorando as cutículas das unhas. Já não dava festas nem convidava ninguém a acompanhá-la. Com exceção de mim, que a visitava três ou quatro vezes por semana, de forma rotineira e tranquilizadora, para dizer-lhe: não está se passando nada lá fora, mãe (embora passassem nuvens, erros e tempo).

Com absoluta calma, minha mãe montava o cenário do jantar, seu corpo como sempre imune ao calor. Estava arrumada e maquiada, o cabelo branco um pouco acima dos ombros, e sem dúvida se aproveitava da oportunidade de nos ter como público cativo. Quase lhe tremiam os lábios pelo esforço de conter seu sorriso, um riso estranho, que tentei decifrar sem sucesso. Não era alegre nem formal. Nem autêntico nem fingido. Como se um rosto por trás de seu próprio rosto se alegrasse, ou sua expressão de jovem, de Consuelo, não de minha mãe, assomasse de repente para dar as boas-vindas a Ingrid, não a Paloma.

Já sentada à mesa, enquanto estendia o guardanapo nas pernas, disse a Paloma que muito tempo se passara. Usou um tom de reprovação, separando as sílabas para se assegurar de que ela entendesse. Como se não tivesse escutado o relato das mudanças de Paloma, minha mãe tomou como certo que desde 88 ela não tinha aprendido uma só frase de espanhol. Por isso modulou, estendendo as palavras até rompê-las em sílabas sem sentido: mui-to-tem-po. Paloma pareceu deliciada. A única coisa estranha em seu castelhano eram certos verbos que flutuavam à deriva. Como quando contou que sua mãe e ela decidiram não *regressar* ao Chile. Era um espanhol correto, mas envelhecido, que com certeza ainda se ouvia em algumas partes da Suécia, de Berlim, do Canadá, mas que a mim soou vazio ou esvaziado, talvez.

Minha mãe perguntou por Hans; por que não viera ao Chile enterrar a Ingrid, o que você está fazendo aqui sozinha, por que ele não te ajudou. Paloma lhe explicou que estavam separados, haviam perdido contato depois do divórcio e ele se casara de novo. E então minha mãe, direta, inclinando-se para a frente em sua cadeira: E por que vocês não voltaram? (querendo dizer por que não haviam *regressado*). Paloma não respondeu e não disse muito mais durante o resto do jantar. Tinha ido escutar e escutaria atenta, sem deixar de comer as folhas grossas de sua alcachofra, arrancando-as uma a uma, examinando-as, aproximando-as da boca, chupando com delicadeza a polpa cinzenta e abandonando-as em um círculo perfeito. Minha mãe, por sua vez, pegava punhados que desfolhava ansiosa, dizendo-me entre mordidelas que assim eu nunca ia terminar e olhando de relance meu prato intacto (coma sua comida, menina, tome o leite, devore tudo o que você vir pela frente porque existe fome, existe tristeza, tanta tristeza e você tão séria, menina, me mostre esses dentes brancos na sua boca vermelha).

Paloma encheu de novo sua taça e eu também me servi de vinho, acreditando que assim escaparíamos como quando procurávamos sobras nas taças. Mas minha mãe nos envolveu falando de Ingrid e Hans, do dia em que se asilaram na embaixada. Paloma deixou sua taça na mesa, inclinou-se para a frente e pronunciou cada letra de *asilou*, estampando no rosto um gesto novo para mim: o de alguém que dolorosamente compreende como entende pouco.

Minha mãe aproveitou para fazer um sermão a Paloma por não saber algo tão importante sobre Ingrid, algo *chave*, disse, e me pediu que explicasse a ela em inglês o que significava asilar-se. Você não é tradutora, Iquela? Explique o que isso significa. Parece que a Palomita não fala um espanhol tão perfeito. É *chave* que ela saiba. Mas *chave* significava uma coisa para ela e, para mim, todas as demais: cravar, fundir, uma pista para encontrar um segredo. E asilo era um lugar de idosos contemplando paisagens nas paredes. O problema de Paloma não era o idioma, mas a esterilidade da palavra. Por isso não respondi, e diante de meu silêncio foi Consuelo quem falou (porque era Consuelo, e não minha mãe, quem falava dessa época, de *sua* época). E eu, mais uma vez, deixei de ouvir, tentando escapar do peso de suas frases, convencida, como quando menina, de que cada pessoa não vivia uma quantidade de anos, e sim um número predeterminado de palavras que podia escutar ao longo da vida (e havia palavras leves como asa-delta ou libélula e outras pesadas como gruta, queloide ou rachadura). As de minha mãe valiam por centenas, por milhares, e me matavam mais rápido que qualquer outra. Talvez por isto eu tivesse aprendido outro idioma: para ganhar tempo.

Fui até a cozinha buscar água, portanto não escutei por onde começou o relato. Com certeza lhe falaria da escuridão: que aqueles dias (seus dias) se anunciavam mais longos e escuros. Andava pelas ruas e esperava, olhava, sabia. Eram os verbos de minha mãe. Esperar. Olhar. Saber. Quando menina, eu implorava que ela me contasse essa história com protagonistas conhecidos, que se demorasse nos detalhes, que os repetisse, e minha mãe narrava uma vez após outra, contando a história no tempo presente, o olhar distante, afastando-se para um lugar onde tudo ocorria de novo (ainda estou vendo o muro diante dos meus olhos, dizia). Ouvi Paloma pedir-lhe que começasse pelo início, que não pulasse nenhuma parte: como se conheceram?, disse, e eu fechei a porta às minhas costas.

Em cima da geladeira, a televisão se mantinha ligada e sem volume. Letras cinza atravessavam a tela: CARRO-BOMBA NO ORIENTE MÉDIO. BAIXA INESPERADA DO DOW JONES. RECORDE DE CALOR NA ZONA CENTRAL. Duas garrafas de vinho esperavam junto a uma salada chilena ainda sem tempero que acompanharia o segundo prato. A cebola crua em anéis irregulares, muito mais branco que vermelho. Meus olhos se irritaram e decidi separar a cebola e ferver água para suavizar seu ardor. Do outro lado da porta, frases entrecortadas, orações obstinadas que conseguiam me alcançar.

Quantos anos tinham?, a voz de Paloma nascendo mais profunda ou mais antiga, talvez. Minha mãe falava do dia em que ela e Ingrid tinham se conhecido. Éramos tão jovens, disse, descrevendo com riqueza de detalhes a assembleia emocionante, revolucionária, *chave*, vital. Lá tinham se visto pela primeira vez: no interior da foto em branco e preto que permanecia intacta na parede. Uma moldura de madeira mal envernizada, os cantos descascados, e lá dentro, imóvel, um exército de homens e mulheres diante de um pódio, escutando com devoção um discurso e contemplando a única fuga dessa imagem: um dedo em movimento, fora de foco. Tudo mais, estático: centenas de perfis de soldados, palavras de ordem em blocos de concreto, uma árvore morta em um canto. Talvez Paloma escolhesse fotografar esse quadro com sua velha câmera. Escolher, enfocar e capturar a foto antiga (e eu ficaria com os restos, o que transbordasse dessa imagem). A chaleira soltou um suspiro e depois um silvo agudo, encobrindo a conversa na sala de jantar. Meus ombros e o pescoço relaxaram. Mantive a chaleira no fogo: um zumbido ensurdecedor, uma pausa que me permitiu não pensar em nada por um segundo. Mas apaguei a chama e as palavras voltaram com força, inoportunas. Ingrid aparecia atrás de uma multidão nessa foto (mas o termo não era multidão, e sim facção, massa, frente). O cabelo claro, as pontas roçando o pescoço de uma blusa que parecia branca, embora bem pudesse ser amarela ou creme. Não existiam cores na foto, mas brancos mais ou menos brancos, cinzas mais ou menos cinzas, e muito preto. Ela era a única que não observava o homem do discurso. Os pais de Felipe, embora minha mãe se negasse a nomeá-los, embora tentasse omiti-los a todo custo, como se desse modo pudesse fazer seus corpos desaparecerem e assim apagar a dor, pareciam os mais disciplinados, capturados em um último momento de fervorosa atenção. A cara de Ingrid, ao contrário, apontava na direção oposta, para a câmera; Hans estava ali, atrás da lente, enfocando e desenfocando a mão que não deixava de se agitar. Hans com a câmera de Paloma, soube depois. E mais à frente, atrás de todas as outras pessoas, com um par de óculos negros que dividiam seu rosto em dois pedaços, as costas apoiadas contra uma parede e o corpo ainda intacto, lá estava Rodolfo (ou seja, meu pai; ou seja, Víctor, porque ele era Víctor e minha mãe Claudia, e não Consuelo). A foto era a única sobrevivente daquela época, a única em que ele parecia ser outra pessoa. Sua expressão estava alterada: a cara radiante, o olhar tranquilo e luminoso. Naquela foto inevitável, contemplada em cada almoço e em cada jantar durante anos, durante cada refeição de minha infância, meu pai parecia estar mais vivo que nunca e, ao mesmo tempo, a ponto de morrer. Era a foto que minha mãe amava. Amava-a como só ela podia amar uma fotografia; de uma maneira que ao mesmo tempo me entristecia e me enlouquecia.

Enchi uma jarra de água e voltei à sala de jantar. Minha mãe narrava a parte da célula (célula sem mitocôndrias, sem núcleos ou membranas). Haviam formado uma célula para preparar a luta, pressentindo que os dias negros se aproximavam (dias sombrios em que esperavam, olhavam, sabiam). Até que aconteceu: chegaram os dias da clandestinidade, e eu parei e saí da sala, minha taça cheia de um vinho que não era tinto, mas indubitavelmente vermelho.

Percorri a casa desejando encontrar uma porta aberta, uma saída. O vinho amortecia minhas pernas, um novo ziguezaguear pelo corredor. Paloma perguntava pela célula. Quem a formava. A que facção você pertencia, Consuelo. Quantos caíram nos primeiros dias. O que havia acontecido exatamente. Detalhadamente. Verdadeiramente.

Cheguei até o quarto de hóspedes, o mesmo em que Felipe dormia quando era criança e que tempos depois meu pai tinha ocupado (meu pai doente de tubos, seringas, gazes). Parei diante da porta e, apesar do temor (um temor que eu não entendi, pois ele já estava morto, Iquela, seu pai está morto, não seja infantil), girei a maçaneta. A escuridão escapou pela abertura da porta e um cheiro azedo me golpeou a pele, bem no meio de meu outro rosto, que aparecia apenas no interior daquela casa. O cheiro velho havia sobrevivido até sua última partícula: o aroma da doença e do confinamento, aquele desgosto doce que prometia uma dor que não chegava.

Da sala de jantar escutei algumas frases que reconheci sem problemas. O tom solene de minha mãe bastava para que eu adivinhasse o conteúdo, tal como antecipava o piso rangendo sob meus pés. Sua memória funcionava sem atalhos desnecessários (uma memória disciplinada, obediente, militante). Não eram recordações organizadas por décadas ou estações. Não era como minha memória, obstinada em uma cor ou uma textura. A memória de minha mãe operava como uma geografia de seus mortos, e aí estava, desdobrada diante de Paloma para que ela navegasse sem problemas.

Voltei à cozinha e aumentei o volume da televisão. Transmitiam a previsão do tempo: outro dia de calor infernal. As cebolas flutuavam murchas na água fervida. Passei-as na peneira, misturei-as com os tomates e voltei à mesa, irritada e bêbada.

Consuelo estava na parte da embaixada. A parte em que todos, menos ela, decidiram ir embora. Quando Hans, Ingrid e Rodolfo (Víctor, queria dizer Víctor) elaboraram um plano para fugir do Chile, uma ideia que ela considerou covarde (ela queria lutar, queria resistir). Minha mãe me olhou de relance quando me sentei. Você está bêbada, disse, com os próprios lábios roxos e rachados. Não gosto que você beba tanto, Iquela, fique aqui sentada e preste atenção: quando você menos esperar, estará contando aos seus filhos minhas histórias. Porque serão *minhas* histórias, sublinhou (e contei três taças de vinho, nove folhas de alcachofra e algum filho inexistente).

Haviam concordado em se reunir na esquina da embaixada da Alemanha. Ao meio-dia em ponto pulariam o muro e iriam embora. Paloma, no entanto, sabia que isso não tinha acontecido; que só Ingrid e Hans haviam cruzado. Por isso levantou o olhar (seus olhos vazios, seus olhos que não tinham visto o suficiente, desafiaram Consuelo). Mas minha mãe prosseguiu. Chegou a hora da mudança da guarda. Um parêntese. Quatro minutos. Já tinham estudado e calculado. Rodolfo (Víctor, Víctor, Víctor) tinha de chegar a tempo. Isso era tudo.

As vozes da televisão se desvaneceram em jingles e ouvi ao longe a apresentação de uma série policial. Os lábios de Paloma estavam avermelhados e, da mesma maneira que eu, ela suava sem parar. Cebolas murchas se acumulavam em seu prato e no de minha mãe, na terrível sincronia do que se come e do que se deixa de lado, uma cumplicidade que me deixou ainda mais sozinha: meu prato devorado e os delas intactos. O que aconteceu foi que Rodolfo não chegou. A troca da guarda terminou ao meio-dia e não houve tempo a perder. Ingrid e Hans insistiram. Vamos cruzar nós três, disseram, é nossa única oportunidade. Mas Consuelo não conseguiu ir. Não pularia o muro sem Rodolfo. Minha mãe permaneceria. Consuelo resistiria. Entrou no carro e começou a dirigir. Acelerou e subiu na guia. Passou por cima dos arbustos e continuou até que o muro da embaixada ficou apenas a um centímetro do para-choques.

Voltei à cozinha e dali escutei o desfecho (palavras embalsamadas no canto da boca): quando parei o carro em frente à muralha, seus pais subiram no capô, Paloma, depois no teto e dali escalaram e pularam o muro. Foram os únicos que cruzaram. Isso os salvou, disse minha mãe. Ainda estou vendo o muro diante dos meus olhos (até eu podia vê-lo). Comerciais. Pisco Mistral. Minha mãe se demorou nessa pausa que dividia o relato em duas partes. Um parêntese do qual nascia apenas uma frase impaciente: nós ficamos pra resistir. A troca de guarda terminou antes do tempo e na esquina, enfiados em um carro sem patente, apareceram quatro homens da civil. Rodolfo, no entanto, não chegou. Rodolfo tinha sido pego na madrugada, mas isso eu descobri depois, disse Consuelo (minha mãe, Consuelo, Claudia, a garrafa de pisco na tela). Eu passei à clandestinidade, mas ele desapareceu por muito tempo. Oito meses em que não se soube de nada, ou quase nada, na verdade. Soube-se que ele continuava vivo porque suas palavras deixavam pistas (pistas de pessoas com nome e sobrenome).

De volta à sala de jantar, antes mesmo de me sentar, anunciei que iria embora. Foi um longo dia, disse, desejando que não houvesse mais perguntas. Paloma também se levantou e notei seus olhos irritados. Estava cansada e cheia de olheiras. Peguei minhas coisas e minha mãe perguntou, seguindo-me de perto, rodeando-me, se eu não preferia passar a noite em sua casa. Disse que seria perigoso caminhar tão tarde, tinha um pressentimento, eu estava bêbada. Esperava. Olhava. Sabia.

Sempre que eu ia embora de sua casa ela me dava as mesmas recomendações: podia acontecer um acidente, eu devia caminhar alerta, não se pode confiar em ninguém (em nada, Iquela, nunca). Lá fora estão todos loucos, atiram pedras, você sabia, Ique? De lá dos viadutos eles atiram pedras nos carros. Assim é que a gente morre, dizia com uma mescla de medo e raiva (com uma pedrada que estilhaça o vidro ou frases que estilhaçam os ouvidos). Assim é que a gente morre depois de tudo, depois de tanto. Eu devia prestar bastante atenção e telefonar quando chegasse. E eu mal conseguia subir os degraus do prédio (exatamente quarenta e quatro degraus): assim que enfiava a chave na fechadura já escutava o telefone retumbando do outro lado.

Já estava pronta para ir embora, acompanhada de minha bebedeira, quando Paloma anunciou que também estava cansada. Minha mãe disse que não havia problema, tinha arrumado um quarto para ela (tubos, seringas, gazes), mas Paloma roçou minha mão e disse sem titubear que ia comigo, que tínhamos conversado no carro; essa noite ela se hospedaria em minha casa. Leve-me com você, repetiu quase suplicando, e eu só consegui assentir enquanto pensava que aquela frase acabara de abrir algumas fendas em seu castelhano. Por mais que tivesse aprendido os diminutivos e as pausas, por mais que inclusive seu tom fosse mais agudo em espanhol que em alemão, falar tão claro e sem rodeios a delatara. Então os eufemismos só vinham depois, quando realmente se dominava o idioma.

8

Vários meses de ordem e progresso graças a mim, que soube identificar os padrões e subtrair, porque embora em matemática se diga que a ordem não altera o produto, é mentira e isto qualquer um sabe: mortos não significam mortos de repente, alguma coisa devem ter feito pra morrer aos quarenta anos, vários mortos de quarenta, anotei no meu caderno, mas agora vêm em contagem regressiva: ENCONTRADO CADÁVER SEM VIDA NO PARQUE QUINTA NORMAL, o homem devia ter aproximadamente quarenta, trinta e nove, trinta e oito, trinta e sete, como a contagem regressiva dos foguetes, trinta e seis, trinta e cinco, e assim vão morrendo cada vez mais pertinho de mim, trinta e quatro, trinta e três, e eu pensava que parariam a qualquer momento, mas o morto desta semana tinha trinta e um e então estava muito perto: o que se faz com os mortos-vivos?, soma-se ou subtrai-se?, e o que eu faço quando eles chegarem a zero?, vamos recuperar o equilíbrio?, será possível começar de novo?, a aritmética é imperfeita, é sim senhor, não é chegar e subtrair, primeiro precisamos saber o que vamos fazer com os mortos-vivos, os que não fedem nem cheiram, por alguma razão os jornais insistem em falar de cadáver *sem* vida: ENCONTRAM CADÁVER SEM VIDA NO PONTO DE ÔNIBUS DA AVENIDA VICUÑA MACKENNA COM A PORTUGAL, o corpo tinha todos os dedos, como se as pessoas fossem prestar atenção nos dedos, bah, mas agora que estou pensando nisso não seja algo sem importância, só importam os fragmentos, necessitamos de dentes, unhas, cabelos, digitais, mas só as digitais das mãos, porque as dos pés não servem pra nada, mas sabe-se lá, eu por via das dúvidas vou guardar na minha pasta as digitais dos meus pés, sim, mas isso não tem importância, nada é tão importante quanto publicar nos jornais notícias do corpo *sem* vida, que bem pode ter sido um erro da primeira vez, mas que a essa altura parece um esclarecimento pra descartar os cadáveres *com* vida, por isso a aritmética falha: a gente não sabe se subtrai ou se soma, se põe ou tira, se enterra ou desenterra, nem a matemática funciona na *fértil província*!, mas isso eu não sabia quando era um molecote, quando descobri sozinho que havia mortos-vivos e disse na lata pra Iquela, contei pra ela que tinha visto o seu pai pelado e que ele estava mortinho da silva: lá se foi o Rodolfo, lhe disse, porque ele tinha um buraco de bala, na verdade dois, um no coração e outro atrás, bem nas costas, te juro, disse a ela, porque a Iquela não acreditou em mim, pensou que eu estava com ciúmes, drogado, pensou que eu queria que ninguém mais tivesse pai e por isso me obrigou a jurar: juro pelo meu papai e pela minha mamãe e pela eletricidade e por Deus e pelos átomos e pela santíssima Virgem Maria e por Maria Madalena e pela minha coleção de bolinhas de gude e de bolas e pelas figurinhas repetidas da Copa do Mundo, e juro de pés juntos, mas não me lembro de ter jurado por tudo isso, porque essas coisas não existiam, mas os mortos-vivos existem e eu pude verificar isto: o Rodolfo estava no chuveiro e eu queria fazer xixi, então entrei de repente, mas saí correndo da assombração e me mijei ali na porta mesmo, e é que a gente não se dá conta de que as pessoas estão mortas-vivas todos os dias, não, mas pelo menos entendi por que o Rodolfo estava a meio caminho da morte, como a minha vozinha Elsa, que também estava sempre a meio caminho ou melhor, caminho inteiro, sim, sempre partindo a minha vovozinha até que se foi, morreu e eu a subtraí, sim senhor, menos uma, escrevi no meu caderno, ou menos meia, na verdade, porque fazia muito tempo que ela estava indo embora, uma pequena parte dela havia desaparecido, assim dizia a minha vó Elsa, que um pedacinho de si mesma tinha morrido depois do meu papai, meu pobre Pipecito, dizia, a única coisa que me devolveram foi o nome dele numa lista, e é verdade, eu vi a sua lista e o seu nome e o meu sobrenome e também um RG e a soma dos seus anos, trinta anos, um número redondinho pra subtração, embora eu não o tenha subtraído porque aquilo que não existe não se subtrai, eu subtraio corpos e não sobrenomes, mas vai saber, talvez eu subtraia outra coisa e não me lembre, eu e a minha maldita memória fraca, não sou como a minha vó Elsa com a sua memória enciclopédica, devemos recordar, dizia ela e ia dar uma volta pelo campo, vou espairecer, meu menino, vou e já volto, e cada vez ia mais longe, tão longe que era melhor me deixar com a Iquela no fim de semana, porque a Consuelo cuida melhor de vocês, isso tudo não é culpa minha, dizia a minha avó, e o fim de semana se transformava em dois e em três e em quatro e no verão inteiro, e ela continuava indo e voltava apenas algumas noites, quando ficávamos só nós dois em Chinquihue, ela chegava a amornar o leite antes de eu dormir, a tirar a nata que eu detestava, porque eu não gosto de coisas com camadas, não, eu gosto das coisas inteiras, sem preâmbulos nem consistências duvidosas, por isso ela colhia a nata com uma colher e a enrolava como cabelinhos-de-anjo e depois os comia, sim, e eu tinha nojo e fechava os olhos pra não vê-la, não olhar pra textura macia e quente, mas nunca podia fechar totalmente os olhos, não, os olhos dos meus pés ficavam abertos, por isso eu a via comer a nata e não podia disfarçar o nojo, e ela me dizia que não fosse manhoso, não seja chucro, dizia baixinho, e depois me perguntava se por acaso ela tinha tomado os seus comprimidos, e eu sempre respondia que não, a senhora não tomou, vozinha, porque era o comprimido feliz e melhor ser alegre que ser triste, tome agora, vovozinha, tome dois ou três ou quatro, e ela parava e procurava a caixinha em cima da pia e pegava uma pilulazinha e dizia que a única coisa ruim era que a faziam engordar, mas a minha vovozinha Elsa estava magra como uma tripa, e daquela vez, quando disse essa coisa de engordar, tive a ideia das galinhas, porque alguma coisa estava acontecendo com as galinhas de Chinquihue, as pobrezinhas estavam um pouco anoréxicas, tombavam no campo sem vontade de comer milho nem migalhas de pão e a minha vovozinha não sabia o que fazer, porque entre o cachorrinho desnutrido, as galinhas depressivas e eu, que estava bem longe de ser um anjo de candura, ela estava até a tampa, coitada, se bem que é verdade que não era culpa dela viver sozinha comigo, isso foi culpa daquele dedo-duro, porque o apertaram um pouco e ele soltou tudo, mas a Iquela não sabe que eu sei e eu vou morrer calado; a coisa é que eu deduzi que se os comprimidos a faziam engordar com certeza fariam as galinhas engordar também, e então um dia amanheci decidido e roubei dela várias pilulazinhas, não sei quantas, um bom punhado, e as moí entre duas colheres até que virassem pó, e como viemos do pó e ao pó voltaremos saí ao campo e as chamei: cocoricó, chamei, cocoricó, até que chegaram todas, e espalhei o pozinho engordativo entre as espigas de milho, sim, e parece que elas gostaram porque se aproximaram curiosas e comeram felizes, e eu muito satisfeito me achando o inteligente, porque agora as galinhas ficariam gordinhas e felizes, mas não foi assim, porque em pouco tempo andavam cambaleando como bêbadas as pobres galinhas, e os franguinhos, o que dizer, mortos de sede, metade tomando água com os seus biquinhos amarelos e eu grudado na janela, esperando que as galinhas se pusessem felizes e gordinhas, mas depois cansei de espiá-las e fui pro meu quarto, e lá estava eu, brincando com umas bonecas que a Iquela tinha me dado, umas Barbies todas sujas de barro mas bonitas, a Barbie doutora e a Barbie guerrilheira coberta de terra, quando escuto um tremendo grito da minha avó: Felipe!, e eu parti que nem um raio porque era raro que ela falasse e ainda mais raro que gritasse, então corri até a janela e vi que ela estava me esperando, puxando os cabelos com as mãos, olhando as galinhas estiradas no chão, mortas, mas mortas-mortas, foi nisso que eu pensei e fiquei calado, e ela me perguntou se por acaso o gato tinha comido a minha língua e não era isso, não, porque eu sou amigo dos gatos e eles jamais comeriam a minha língua, o que aconteceu é que os comprimidos iam deixá-las gordinhas e felizes, mas as encontramos desmaiadas no chão e achei que a mesma coisa ia acontecer com a minha vovozinha e eu ia ficar mais sozinho que o Cavaleiro Solitário, porque ela ia cair dura qualquer dia e isso me deu um susto, tive medo de que ela estirasse as canelas e eu tivesse que ir procurá-la como procuravam os mortos da tevê, com uma lista nas mãos e expressão de pesar, e nisso estávamos, quietinhos os dois, quando ela saiu, agachou ao lado do galo Marmaduque e disse baixinho: está duro, ela disse, você o matou, e uma faca se cravou no meu peito, um fio negro e duro e frio como as ideias da noite, e me sentei no chão e ficamos velando as galinhas estendidas no chão, mais flatulentas que nunca, pobrezinhas, e assim ficamos por um bom tempo, sem chorar, e então aconteceu algo extraordinário: primeiro pensei que estava alucinando, mas elas se mexiam de verdade, tinham espasmos e depois de quatro ou cinco contrações começaram a levantar, não sei se mais gordinhas ou mais felizes, mas vivas sim, ou vivas-mortas na realidade, uma por uma foram se levantando como se despertassem da sesta, e eu fiquei contente, mas a minha vó continuava chateada e me pegou por um braço e me enfiou na caminhonete branca e me falou que não podia comigo, potro-chucro, disse, e dirigiu por um longo tempo, e não parou pra me comprar *nalcas* em Osorno nem geleia de amora na Frutillar nem me deixou fazer xixi nos Saltos del Laja, me levou direto até a Iquela e então disse à Consuelo que precisava descansar, que no mínimo ela lhe devia isso, e a Consuelo ficou quieta e lhe disse está bem, que fosse embora tranquila, ela tinha prometido ao Rodolfo, tinha jurado pro dedo-duro que ia cuidar de mim se acontecesse alguma coisa com a minha vozinha, e então eu fiquei em Santiago não sei por quanto tempo, até que a minha vovozinha foi me buscar e por sorte já não estava mais chateada, mas sim raquítica e cheia de olheiras, com cara de pesar, cara de solidão, e me disse que as galinhas andavam chocas, mas nem gordinhas nem felizes, e ela muito menos, cada vez estava mais esquálida, você vai desaparecer qualquer dia desses, os vizinhos lhe advertiam em Chinquihue, e isso foi o que aconteceu, um dia sem que ninguém se desse conta, sem esclarecimentos nem notícias nos jornais, desapareceu de uma vez, o todo e as partes, sem etapas nem avisos, assim morreu a minha vovozinha Elsa, foi direto ao ponto, como o meu leite: sem nata.

( )

Alguma coisa esquisita estava acontecendo naquela noite e não era a bebedeira, nem Paloma, nem o maldito calor nos perseguindo em cada quadra que nos separava da casa de minha mãe. Era a agitação que antecede um desastre. A tensão prévia a uma explosão. Embora eu não estivesse certa nem disso. Eu não esperava, não olhava, não sabia. Só tentava fugir do calor desesperador e das palavras que ainda ressoavam em minha cabeça. Não podia deixar de ouvir a frase que minha mãe pronunciou em meu ouvido quando eu estava saindo. Descanse, disse a Paloma dando-lhe uma palmada nas costas, devolvendo sua tentativa de cumprimento distante. Depois pegou minha nuca nas mãos, aproximou minha cabeça da sua e abraçando-me (roçando-me com sua pele áspera e rachada, a pele cada vez mais próxima dos ossos), disse-me com uma voz cristalina: quero que você saiba que eu faço isso por você, Iquela.

O ar sufocante me impedia de andar mais rápido e chegar logo ao apartamento. Paloma arrastava lânguida sua maleta, como se pesasse toneladas ou ela já estivesse arrependida de não ter passado a noite na casa de minha mãe. Virei-me várias vezes para comprovar que ela vinha comigo, apenas um metro atrás, a distância necessária para que eu me animasse a perguntar por sua mãe. Quis saber se Ingrid também tinha morrido de seringas e gazes, perguntar sobre o cheiro dos remédios em sua pele, o que dissera enquanto morria, em que idioma (será que havia um idioma para esse momento?). Deixei de ouvir o ronronar das rodas. Paloma tinha parado. Do outro lado da rua, um homem saiu de sua casa e desdobrou uma capa imensa no chão, um plástico enorme que depois levantou e ajeitou em cima do carro. É preciso ficar preparado, murmurou cobrindo o capô. Esperava, olhava, sabia. Paloma se afastou alguns metros e apenas ali, daquela distância, me falou. Como se a própria história fosse anterior a mim e precisasse se localizar às minhas costas.

Contou-me que Ingrid e ela tinham deixado de falar alemão quando Hans foi embora de casa. Assim, pouco a pouco, escutando as conversas de sua mãe, as chamadas telefônicas em horários incomuns, Paloma foi reconhecendo os esses aspirados do espanhol, as palavras diminuindo o que nomeavam (Palominha, mãezinha, dorzinha, perguntinha), e também foi aprendendo outras palavras, que a faziam tropeçar e equivocar-se, que significavam algo distinto para a sua mãe, para a minha (para todos os nossos pais): porque uma chapa não era uma placa, uma cúpula não era o teto de uma igreja, um movimento não era uma ação, nem um partido uma coisa que se dividiu (e também eram outra coisa cair e se quebrar e falar, embora Paloma não soubesse disso).

Contou, aos risos, outras histórias. Falou de viagens a Istambul, Oslo, Praga. Paloma tirava fotos para uma revista de turismo, mas não era apenas turismo: turismo culinário. Fotografava a comida mas jamais a experimentava. Manuseava os pratos, ajeitava a carne até conseguir um ângulo elegante e não grotesco, untava-a com azeite para que brilhasse (comidas lustrosas, comidas-modelo, comidas não comestíveis). Apenas quando falou de Berlim seu relato ficou um pouco mais lúgubre. Paloma acelerou o passo e se postou diante de mim.

Seis meses entre o diagnóstico e a morte. Viajava pela Itália quando recebeu um e-mail de sua mãe. O assunto do e-mail: "me encontraram", e o conteúdo: "um elemento estranho no seio direito. te amo, m". Ela pegou um voo em Berlim e no avião não conseguiu pensar em nada além desse e-mail. Recitou-me de memória. Estava escrito em minúsculas e o m correspondia a mamãe (me disse isso quando eu perguntei por que m?, achando que era sua chapa, e essa gafe me fez fugir ainda mais rápido da casa de minha mãe).

Paloma achou muito estranho que o assunto do e-mail fosse: "me encontraram", e disse que pensou duas coisas enquanto o abria: que alguém a encontrara no Chile, sua família, seus amigos, os meganhas, seus companheiros (uma facção, uma cúpula, uma célula), quem quer que fosse, mas lá no Chile, porque sempre acreditou que ela se escondia de alguém. Apenas depois, ao ler o resto, pensou em um cacho de uvas (e demorou para encontrar a palavra cacho, então a interrompi, cacho, eu disse, imaginando uma granada crescendo nas extremidades de seu peito). Desde o cacho de uvas até sua morte: seis meses. Uma tentativa falha de extirpá-lo (colhê-lo, pensei) e três semanas de quimioterapia (acossá-lo, fumigá-lo, envenená-lo). Havia morrido apenas cinco dias antes, embora o relato tenha me soado distante, como uma história que começa com "era uma vez".

Ninguém a acompanhou enquanto Ingrid estava morrendo. Paloma sentou-se a seu lado na cama e viu como a mãe deixava de respirar, de pulsar; quase uma pausa, disse (não um estupor silencioso, não um grito afogado; uma pausa). Uma morte simples. Apenas depois veio a enxurrada de ligações: vários números fora de serviço (afinal, Paloma discava números de outro tempo) e no fim da caderneta telefônica, escrito com tinta azul, encontrou o nome de minha mãe, seu telefone, e achou também a certeza de que o enterro devia ser no Chile. Em que cemitério?, perguntei para dizer alguma coisa. Paloma não sabia. Tinha organizado os preparativos para trazer o corpo mas ainda não definira onde enterrá-la, como se outra pausa se abrisse entre a morte e o enterro (ou como se já estivesse prevendo nossa viagem, nossa insólita partida).

Já pronta para ir ao aeroporto com destino ao Chile, com o caixão a poucas horas do embarque e os detalhes combinados com minha mãe, Paloma disse que fora atrasada por uma urgência, uma necessidade inesperada de desmontar tudo, empacotar e trazer consigo todas as coisas da mãe: sua roupa, cada um de seus livros, seus chinelos, seus lençóis, suas almofadas, trazer o roupão que usava de noite (mantinha suas formas, negava-se a perdê-las), viajar com seus papéis, suas toalhas, enterrá-la com seu computador, suas maquiagens, seus cremes, fundi-la com suas pinças, seus discos, seus algodões, seus quadros, seus espelhos e o reflexo de cada um deles. Paloma sentiu que devia levar absolutamente tudo, mas a única coisa que trouxe foi uma blusa desbotada e com ombreiras. Guardou todo o resto em sacos pretos, trouxas de roupas para dar, doar, e depois regou as plantas por um bom tempo (a mãe morta e Paloma regando vasos, jardins, alagando parques inteiros).

Abri a porta de vidro do edifício e apontei-lhe as escadas (quarenta e quatro degraus exatos, confiáveis). Só quando chegamos, enquanto eu procurava as chaves nos bolsos, na carteira, nas mãos, vi a luz que escapava da fresta da porta. Eu havia desligado o interruptor antes de sair. Tinha certeza. A porta parecia entreaberta. Temerosa, revivendo a sensação de voltar do colégio e ver a caminhonete branca estacionada na esquina, apoiei a ponta dos dedos na madeira. Como fazia com o quarto de hóspedes naquelas ocasiões, empurrei-a desejando encontrar Felipe sentado no chão, repreendendo-me por ter demorado tanto, ordenando que eu trancasse a porta para que começássemos logo a brincar de disfarces. Eu entrava no quarto sem cumprimentar nem perguntar quantos dias ele ficaria, entregue àquilo que sua visita me oferecia, seus tempos calculados, e me sentava diante dele para que, os dois juntos, anunciássemos o disfarce que cada um usaria. Eu dizia: seu pai, e ele: você é o Felipe, e tirava toda a roupa de uma só vez, o suéter, a camiseta, os sapatos, as calças, a cueca, e eu também me despia e me vestia com seu suéter morno, suas meias emboloradas, cheirando a terra e sujeira sob as unhas. E ele, nu, as pernas esquálidas, os braços compridíssimos, balançava-se na cama, tirava o lençol de um puxão e se enrolava nele, cobrindo-se de corpo inteiro. Ele interpretava seu pai e voava pelo quarto envolto em luzes. E a mim cabia ser Felipe e eu o interrogava, esperando ouvir suas respostas falsas, viagens à lua ou ao centro da terra.

Assim brincávamos por muito tempo, até que nos cansávamos de nós mesmos (ou talvez deles) e só então, resignados, voltávamos às nossas roupas. E arrumávamos a cama. E destrancávamos a porta. E nos sentávamos outra vez no tapete de lã, olhando-nos com a tristeza dos jogos que terminam. Empurrei a porta e entrei. Descalço no sofá, contorcendo-se para alcançar a sola dos pés e pintar as pontas dos dedos com uma canetinha, ali estava Felipe (e ao seu redor as pegadas desses dedos: borrões de si mesmo decorando as paredes). Ao fundo, um rádio fora de sintonia soltava um zumbido errático, dando ao apartamento um ar de dramatismo absurdo. Felipe levantou a cabeça e olhou para mim desconfiado (olhos que me atravessavam, que me descobriam). Havia algo forçado em nosso encontro, como se ele adivinhasse os motivos de Paloma, os meus, a morte de Ingrid, como se um desfecho esperado estivesse se iniciando, embora decerto não fosse nada, nada tão dramático, disse a mim mesma e joguei a bolsa no sofá, entregando-me ao finzinho da bebedeira. Felipe se afastou para o lado para se esquivar de meu projétil e só então examinou Paloma, levantando as sobrancelhas até afastá-las ridiculamente dos olhos, uma careta de criança, uma palhaçada. E esta?, disse exibindo seus dentes branquíssimos: brinquedo novo, safadinha?

Paloma fingiu que não o ouvira, ou talvez não tenha escutado. O álcool também deixava rastros em seu corpo: a boca seca, o sono avermelhando seus olhos, meu próprio desejo de que a noite terminasse de uma vez por todas. Mas Paloma se aproximou do rádio e, sem a menor intenção de ir dormir, sintonizou uma estação de música pop dos anos 80 e se acomodou diante de Felipe, espiando o caos ao seu redor (pedaços de papel cobertos de pegadas grudados na paredes, copos com bebida espalhados pela sala, o erro de tradução em meu computador). Apartamento bonito, ela disse, Cindy Lauper de tela de fundo. Faz pouco tempo que você se mudou?, perguntou examinando uma caixa com a palavra *dicionários* escrita de um lado (dicionários jurídicos, geográficos, médicos). Havia passado bastante tempo, sim, mas dizer *mudado* não era totalmente correto. Felipe conseguira o apartamento com o dinheiro da indenização (compensação, expiação, dizia ele às gargalhadas), e eu fui ficando pouco a pouco, trazendo minhas coisas da casa de minha mãe. Indo sem ir. Um subterfúgio.

Parece que Paloma não se interessou pela história da falsa mudança. Ao contrário dos dicionários, que pegou, folheou e devolveu à caixa. Quis saber se eu traduzia. Mais ou menos, expliquei; um trabalho ou outro pra ganhar uns trocados. Traduzia propagandas de outros países e, às vezes, com sorte, algum diálogo de filmes de segunda categoria, da sessão coruja. Paloma assentiu sem interesse, concentrada em acender seu cigarro, e depois se aproximou de mim para pegar a câmera que eu tinha esquecido no pescoço. Tirou algumas fotos do apartamento, mas logo abandonou a câmera em cima da mesa e perguntou se por acaso tínhamos algo para beber. Estava esgotada, disse, a diferença de fuso horário a deixava aturdida mas ela precisava relaxar antes de dormir. A Consuelo é sempre tão intensa?, perguntou, e de sua boca saiu uma baforada de fumaça branca. Paloma precisava relaxar, como se ela tivesse escutado a frase que ainda repicava em minha cabeça: quero que você saiba que eu faço isso por você.

Felipe disse que tínhamos pisco e que não havia nada melhor para rematar uma noite na casa do túnel do tempo: uma deliciosa piscolita. Paloma tirou os sapatos e abraçou as pernas, deixando-as em cima do sofá. Eu me sentei a seu lado, muito perto, o mais perto possível. Felipe serviu três copos de piscola e se agachou diante de nós (sobrancelhas juntas, olhos bem abertos). Seus peitos cresceram?, perguntou-me então, olhando fixo para eles. Estão um pouco maiores, ou não?, mais pontudos, isto é, tipo um cone, disse beliscando um dos mamilos. Paloma olhou meu peito e eu espiei o seu, o sutiã translúcido sob a camiseta branca, seus peitos maiores ou mais redondos, menos cônicos. Eu ia adorar ter umas tetas assim, durinhas, são mais lindas que as da gringa, disse Felipe, e Paloma soltou uma gargalhada enquanto concordava, repetindo tetas, tetas de cone, cônico, memorizando as palavras sem tirar os olhos de meu decote. Eu disse a Felipe que deixasse de brincadeira e tentei mudar de assunto mas não foi necessário. Felipe falou sem parar de matemática, números reais e imaginários, a importância da aritmética, um monólogo que permitiu que eu me distraísse e fugisse de sua fala obsessiva sobre os mortos: o defunto que tinha encontrado naquela mesma tarde, tétrico, o cadáver que, de acordo com ele, mudaria tudo. Trinta e um, quase como eu, você está me escutando, Iquela?, você não entende? Paloma olhou para ele distraída ou indiferente. Às vezes voltava à sua câmera, fazia algum comentário sobre Santiago ou respondia às perguntas de Felipe, revelando outro espanhol que com certeza tinha aprendido em suas viagens e que ela não diferenciava do chileno tão bem copiado de sua mãe. Vamos ver, gringa, como se chama alguém que tem o cabelo vermelho?, dizia Felipe. E Paloma caía como um patinho: *pelirrojo. Colorín*, corrigia ele. De onde você tirou essa gringa de manual? E Paloma ria, repetindo *canica, guisante, embrollo*, e Felipe corrigindo: bolinha, gringa, em vez de *canica* se diz bolinha, *guisante* é ervilha e um *embrollo* é uma grande confusão. Começamos a rir de qualquer coisa, brindando e bebendo enquanto Felipe fazia piadas, dizendo que a gringa era idêntica ao Bob Esponja, loira e como uma esponjinha: macia pra apertar, e eu traduzia entre gargalhadas do chileno ao castelhano e do castelhano de outra época ao desta, concentrando-me nas fissuras do idioma que Paloma estava tão convencida de falar perfeitamente. Ela tomava o pisco em grandes goles, com ansiedade. Apenas seus olhos denunciavam o cansaço e a embriaguez. Ficamos assim por muito tempo, falando de qualquer coisa, até que Felipe perguntou do que sua mãe tinha morrido. De câncer?, disse, é a última moda, e ficou à espera de uma reação que não chegou.

Paloma se reclinou no encosto e fez um gesto com a boca franzida e encovada em um dos lados, um gesto que reconheci: mordia a bochecha por dentro, aquela pele escorregadia, que não se vê. Mascava o interior até sentir algum alívio, até arrancar a pele e se livrar daquela suavidade desesperadora, abrindo novos caminhos para o metal morno de seu piercing, a ponta prateada percorrendo a superfície recém-nascida. Um tique idêntico ao que eu fazia algumas vezes, quando construía as listas de objetos que me permitiam me ausentar de um lugar. Felipe me ensinara aquilo quando éramos crianças e não queríamos pensar em coisas tristes: enumerar, associar as coisas a um número redondo, perfeito. Os objetos se transformam em dígitos, números que habitam as gavetas do cérebro, dizia ele, assim os pensamentos tristes não têm onde viver e não há nada além de números. As ideias ruins ficam sem casa, dizia Felipe com cara de lista (de ausência, de tristeza, cara de nada).

Pensei em me desculpar por Felipe, mas na verdade ele tinha razão. Minha mãe me ligava regularmente para me contar de algum amigo que havia sido diagnosticado com câncer. Dizia assim: foi diagnosticado, como se fosse a única doença diagnosticável: células ósseas que arremetiam contra o pâncreas, invadiam o pulmão, os gânglios, endureciam o útero, a próstata, a garganta. Células equivocadas, células confusas depois de tudo, depois de tanto.

Habemus câncer, disse Felipe, ainda vai chegar nossa vez. Levantou-se do chão e começou a andar pelo apartamento enquanto inspecionava Paloma em busca de alguma pista fundamental. Morreu em Berlim e você vem me dizer que vão enterrá-la aqui, em Santiago?, escarneceu ele, seus passos não sincronizados com o ritmo daquela famosa música *time after time*, os dedos enumerando, o rosto transfigurado. Paloma assentiu. Iria enterrá-la em Santiago, claro, mas para isso teria de viajar. Disse viajar, mas notei que não era isso que ela queria dizer, Paloma procurava o termo exato, mas ele escapulia de sua boca; eu o sabia e a interrompi.

Repatriá-la, corrigi quando notei que seria impossível continuar a conversa até que ela encontrasse essa palavra que repetiu aliviada, agradecida. Repatriá-la, é isso, e eu me distraí pensando se por acaso os vivos *retornavam* e os mortos eram os únicos capazes de repatriar-se. Felipe não estava acreditando. Era só o que me faltava, disse cobrindo a cara com as mãos e soltando um suspiro que esqueci assim que iniciamos a segunda ou terceira rodada de piscola.

Felipe continuava se mexendo, murmurando e anotando frases em um caderno, até que finalmente anunciou que ia embora. Fazia isto quando lhe dava na telha, ir embora para qualquer lugar sem avisar. E eu devia saber onde tinha se metido, por quê, quanto tempo ia demorar. Mas alguma coisa em Paloma o detinha, ou quem sabe não fosse ela e sim seus olhos, pois a única coisa que ela fazia era fumar e olhar para nós, segurar o cigarro entre os dedos e perguntar: você quer, Iquela?, aspire forte, para dentro (talvez lembrando, talvez não). Apenas depois de um tempo Felipe perguntou o que queria mesmo saber. Ei, gringa, disse sem deixar de se mexer, com a mão na maçaneta da porta, já com metade do corpo para fora do apartamento: e por que não a queimaram?

Eu olhei para ela sobressaltada, convencida de que agora sim Paloma reagiria furiosa, e o corrigi rápido, como protegendo Paloma desta palavra: queimada.

Se diz cremaram, Felipe.

Mas Paloma permaneceu calada. Felipe abriu a porta para ir sabe-se lá aonde e só dali, do umbral, virou para mim e dando de ombros, sorrindo, demarcando as palavras entre duas brevíssimas gargalhadas, piscou para mim e disse: bah, tomeitou... tomate.

7

Cinquenta passos curtos são um quarteirão, mas os quarteirões não se repetem, não, só os meus passos: dois, quatro, seis passos que se repetem e o calor e as nuvens e as minhas longas voltas de bêbado, as minhas andanças erráticas da avenida Irarrázaval até a ponte Pío Nono, andar e comprovar que no céu não há estrelas, só nuvens brancas e um calor que vai flutuando, e eu me deixo levar pelo calor e pelo pisco e me aproximo rápido da ponte, ou é a ponte que vem até mim com cada um dos seus mortos, embora hoje houvesse só um, um morto de trinta e um anos, e isso significa que é problema meu, a aritmética tem que dar certo porque já estamos fazendo hora extra, até o jornal já sabe, a seção de cultura hoje se intitulava: EXUMAÇÕES, assim mesmo, o jornal anunciava a exumação de Neruda, e eu nem ia saber se não fosse o jornaleiro da esquina do prédio, que me cumprimentou e disse: olha quem renasceu dos mortos, e eu olhei à minha volta procurando quem seria agora o morto-vivo, mas era uma piada de *don* José porque eu não o via há tempos, e é porque eu andava limpando, consertando, subtraindo, mas *don* José guardou as grandes notícias pra mim: que obsessão em desenterrar as pessoas, não?, e eu gelei e o olhei com todos os meus olhos, desenterrar nunca, render-se jamais!, disse a *don* José, mas ele insistiu e me disse que iam ordenar a..., a... e eu exclamei exumação!, e ele me disse isso, Felipito!, a exumação de *don* Neftalí Reyes, toma essa, e eu não tomei nenhuma, mas comprei o jornal e vi: andam desenterrando mortos, que merda!, não é um pouco demais?, mortos-vivos, mortos sem corpo e agora isso, como a gente pode igualar o número de mortos com o número de túmulos?, como fazer coincidir os esqueletos e as listas?, como é possível que alguns nasçam e nunca morram?, anarquia mortuária na fértil província!, o que se necessita aqui é um gênio matemático, uma mente numérica que entenda a aritmética do fim, pois não pode ser que alguém morra e lhe façam um funeral real, outro simbólico, uma mudança de túmulo e agora o quê?, um antienterro?, assim não pode ser!, é preciso tomar um pouco de ar, é isso, respirar fundo, pensar no frio e mandar embora as ideias negras como o petróleo, como a sujeira e a água do Mapocho, porque é de noite no rio e também na ponte Pío Nono, duas e vinte e dois no relógio da Escola de Direito, troquem a pilha, seus idiotas!, o relógio sempre parado, mas vai saber, talvez o problema não seja o ponteiro dos minutos, talvez seja eu que estou parado, e é que está tudo tão escuro e a escuridão me obriga a sentir com a minha pele, essa pele que agora se arrepia porque está vindo alguém, umas pupilas bem negras, porque é noite no céu da minha boca e nas minhas pálpebras e também é noite no fundo do rio, e então escuto com atenção e não tenho dúvida, uma voz rouca me diz: você tem um cigarro, cara?, e eu me assusto, retrocedo porque é apenas uma voz, porque não se veem os corpos nessa noite escura, e embora eu tenha medo lhe digo que sim, mas não é a minha voz quem diz, é a minha cabeça que se move de cima a baixo e então tiro o cigarro do bolso e olho pro leste e comprovo que não dá pra ver a cordilheira, não se veem os corpos, não, apenas umas nuvens enormes, baixas e brancas, umas nuvens de cimento, de mármore, de ossos, mas tiro da cabeça aquela bobagem sobre as nuvens e lhe entrego o cigarro, e ele me pergunta se por acaso é o último, e eu lhe digo que sim mas que não tem importância, pode fumar, digo, e estendo a minha mão e sinto os seus dedos, e então sei que a voz tem um corpo, ou seja, tem mãos, mãos ossudas, longas e frias, e aproximo o isqueiro da sua boca e o acendo e surge uma expressão nova: o seu rosto brilhante, olhos bem delineados e cor de azeviche, olhos brilhantes de puma, um focinho de lobo e zás!, a noite se fecha sobre o seu rosto e o sujeito me agradece, e a sua voz mais uma vez flutua solitária mas pelo menos ele fuma, e depois me passa o cigarro e eu o ponho nos lábios e sinto o filtro úmido e empapado, mas não me importo e fumo também, e ele se põe a falar, ou é a sua boca que fala e diz que os domingos são arrastados, é isso que ele diz, são arrastados mas eu saio do mesmo jeito, e eu me pergunto se por acaso sai porque está desolado, porque o cara tem uma voz triste e frágil que me interpela, me faz uma pergunta que eu não escuto, não, porque me distraio, e é que pra mim o rio Mapocho me distrai, me hipnotiza, me leva pra longe, me leva a ver, numa das suas margens, um tambor, um latão de lixo com uma fogueira que desaparece no fundo do rio, e acho que ao redor devem estar aqueles caras, os esqueletos dançando na beira de uma sarjeta inexistente: mortos que encontram mortos flutuando o tempo todo, e já nem sequer é domingo no rio, duas e vinte e dois significa segunda-feira, relógio de merda, e com o meu grito uma corrente gelada me açoita os ossos e eu fecho um botão da camisa, e me pergunto se serão as ideias da noite esfriando as minhas costelas, e estou nisso quando o cara outra vez fala comigo, me toca e diz que eu tenho um peito lindo, você se depila, carinha? e eu nego com a cabeça mas não falo, não quero escutar a minha voz, essa voz me fustiga, não, não quero mais me escutar por isso não respondo, e então ele diz que se depila todo, macio é mais gostoso, é o que ele me diz, macio é mais gostoso, cara, e eu olho pra ele mas não o vejo porque a noite está fechada e ele me oferece um baseado e eu digo por que não, pô, é isso que eu digo embora não fale, porque só assinto quando escondo a voz, quando ela fica vermelha, quando se mimetiza dentro de mim, e o cara acende o baseado com um fogo também vermelho e eu vejo surgir um piercing na sua sobrancelha esquerda e o seu cabelo preso num coque bem apertado, e depois de novo a escuridão o devora, sim, e eu podia imaginar que ele tem outra cara mas não imagino nenhuma, porque ele me estende a bagana e me diz pra chupar e os seus dedos roçam os meus lábios e só então os meus lábios aparecem e ele me diz que são lindos, você tem os lábios macios, cara, diz no meu ouvido, e o seu hálito é tão morno e está tão próximo e eu aspiro, aspiro forte e lento, aspiro profundamente e me dói, e exalo a fumaça pela boca e penso fumaça, névoa, cegueira, e penso também como as nuvens estão esquisitas, muito baixas, sim, mas me distraio quando o cara fala e a sua voz me diz: quero te dar um beijo, isso é o que ele diz, e eu não respondo e ele ri e o fogo de uma das margens do rio aparece e desaparece e a sua voz se afasta e se aproxima e a ponte deixa de vibrar e fica ali, paralisada, e eu tenho vontade de fazer barulho, de explodir, de pisar folhas, de amassar cascas com as pontas dos dedos, e só porque não me resta alternativa falo com ele, o silêncio me asfixia então me animo a perguntar pelos mortos, se ele os conhece, se os viu, e o cara parece que me observa antes de responder, me avalia antes de dizer: não sei se os meus mortos são os mesmos que os seus, cara, e depois o idiota muda de assunto, me diz que tenho o peito liso e os lábios macios e eu não ligo, não, porque eu quero falar dos mortos e não de coisas macias e superficiais, então lhe pergunto se ele os viu e ele me diz que só uma vez, uma vez vi um homem que se sentou aqui, no parapeito, e se atirou de repente, zás!, caiu daqui mesmo, e eu lhe pergunto o que ele fez e ele diz que não fez nada, e eu insisto sobre como ele se sente, por acaso não se sente mal, o cara diz por quê?, e eu adivinho pelo tom da sua voz que ele dá de ombros, porque a voz dirige o corpo, isso qualquer um sabe, o corpo obedece disciplinado, e então entendo que ele tem razão, por que se sentiria culpado se a culpa não é dele, e os dedos voltam aos meus lábios e o filtro está molhado e mordido e eu aspiro outra vez, aspiro forte e o cara inala também e tossimos juntos e a ponte vibra e acho que vibra porque há uma gaivota no parapeito e a gaivota contempla o leito do rio e o leito não faz barulho, o Mapocho está calado e sem a sua voz ele também desaparece, e o cara me diz que é estranho ver uma gaivota de noite, e eu lhe digo que mais estranho é ver uma gaivota e ponto final, e ele pergunta, como assim, cara?, e eu lhe digo que em Santiago não há mar, não há costa, e ele diz que não é estranho, qualquer um se confunde, ele diz assim, qualquer um se confunde, carinha, e depois se aproxima, sinto o seu hálito na minha boca, você por acaso não se confundiu?, e eu não respondo e a gaivota está imóvel e o seu hálito é azedo e persistente, e a pergunta é outra, você quer que eu te chupe, carinha?, e eu não sei, mas digo que não, porque quando não sei alguma coisa digo que não, assim sempre sei, e ele ri e pergunta se por acaso eu tenho medo, se você gosta não quer dizer que você seja bicha, meu querido, embora eu seja bem gay, um viadão, uma bichona, e ri mais alto e se aproxima e eu fico surpreso com o peso das suas mãos entre as minhas pernas e a mão é magra e ossuda e entra pela minha cueca e eu sinto que ele tira o meu pau pra fora da calça, sim, tira e o sacode e num segundo eu fico duro, e me agarro no parapeito pra pensar em coisas frias como o gelo, o rio, o metal, e a mão se mexe e a calça vai caindo, vai resvalando pelos meus joelhos, e a minha boca está seca, os meus olhos secos, o rio seco e a brasa na sua mão se apaga e as cinzas caem no Mapocho e eu vejo que se desvanecem lá embaixo e aí também olho os seus pés e vejo que estão descalços e sangrando, mas não sei, porque a mão se mexe rápido e me toca e eu não sei se há vidros enterrados nos seus pés e eu não sei se são pés ou patas, se são unhas ou cascos, o veado com as patas sangrentas, sim, e a mão continua, ah, e eu não sei, não sei o que há no fundo do rio, não sei nada porque a mão se mexe úmida e rápida e eu me confundo, acho que vejo uma sombra lá em cima entre as nuvens: um bando de pássaros que se abre e fecha como um punho batendo do céu, sim, batendo e batendo, sim, não pare, ah, e a mão se move rápida e não para, ah, e a mão continua e é bom, sim, eu vou gozar, vou gozar, e o céu se rompe e cai em pedaços que vêm pra cima de mim, tocam os meus ombros, o peito, as mãos, e então levanto as mãos e olho pra elas e estão cobertas de neve, mas não, porque a neve é branca, a neve é fria e se desmancha e isso não se desmancha, não, isso que cai são cinzas, são cinzas, malditas cinzas, mais uma vez as cinzas estão caindo.

(Mas nada está em chamas. Nada está desmoronando. Nada está queimando.)

( )

Quando finalmente consegui sair da cama, as imagens da noite anterior se mesclaram confusas. Felipe fechando a porta, Paloma me dizendo que estava bêbada, que queria dormir, com o peito reclinado sobre a janela de meu quarto e a voz surpresa: parece que lá fora está nevando, Iquela, levanta, vem ver. Impossível, murmurei, já enrolada nos lençóis, derrubada pelo cansaço e o álcool, caindo em um sono do qual custei a despertar.

Vesti-me muito lentamente e fui para a sala meio adormecida, mas pressentindo que a cidade lá fora tinha mudado. Antes das cinzas imperavam o calor, o suor, a umidade que tomava conta de tudo: a pele grudava nos lençóis, nas roupas, nas cadeiras, um calor capaz de se infiltrar por aterros e hospitais, cheiro de tudo junto, de um "nós" todo misturado. Mas o ar do apartamento já anunciava a aridez e seu deserto de coisas desconectadas.

Felipe descansava estendido no sofá. A pele muito branca, duplas olheiras e a sombra de um novo bigode faziam com que eu o achasse desleixado e bem mais velho. Ouvia música de olhos fechados, agitando a cabeça de um lado para o outro de acordo com o batuque da bateria que escapava de seus fones de ouvido. Achei a pele de seu rosto mais fina, muito parecida com a de minha mãe: os tecidos, os músculos, o sangue recuando em direção aos ossos, tornando os dois curiosamente parecidos.

Não quis interrompê-lo e entrei no banheiro em busca de um pouco d'água. Abri a torneira da pia, os azulejos frios na sola de meus pés, a ressaca tomando conta de minha cabeça, um gosto amargo na boca e eu empenhada em que Felipe me escutasse do outro lado. Desafiando a porta fechada e a bateria vibrando em seus ouvidos, perguntei-lhe por Paloma, onde ela estava, tinha a impressão de que ela acabara de me dizer para levantar mas já havia ido embora, quando, o que havia acontecido com o calor. Fui distraída por um fio finíssimo de água que inundou minhas mãos em concha. As linhas das minhas palmas desapareceram. Água turva. Água cinza. Fechei os olhos. Felipe falou mais alto, rouco pelo esforço de fazer sua resposta chegar ao banheiro. Joguei a água no rosto, geladíssima.

Houve um problema, ele disse. O telefone tocou de madrugada e adivinhe só quem era. Você está me escutando, Iquela, ou não? Quem estava ligando toda alvoroçada? Minha mãe tinha interpelado Felipe como quando ele era menino, sem esperar resposta. E adivinhe a novidade, Ique. A Ingrid não chegou: a morta caiu na farra.

Saí do banheiro e parei em frente ao sofá. Felipe brincava com o fio de seus fones de ouvido, uma cobra negra se enrolando da base de seu indicador até a ponta da unha. A Consuelo tinha ligado muito cedo (A Consuelo, ele disse, não sua mãe: a Consuelo pegou o telefone e discou meu número de outra época, de antes). Alteradíssima, parecia que tinha ficado louca, por isso acordei a Paloma sem esperar uma hora mais decente, pra avisar que a morta não tinha chegado e que ela ia ter que curar a ressaca no consulado (a cobra sufocando sua presa na armadilha). É impossível entrar no Chile, disse. Isolados. Incomunicáveis. Encarcerados. Uma puta confusão e você dormindo a sono solto, meio morta, por mais que eu te sacudisse não tinha jeito. Mas não tem importância, na verdade isso é culpa da gringa e não sua, disse, puxando o fio e libertando por fim aquele dedo asfixiado. Quem mandou trazer a morta com caixão e tudo, e ainda por cima em outro avião?

Uma dor aguda percorreu minha cabeça como choques elétricos, ao mesmo tempo em que o telefone tocava. Será que era minha mãe, ou Consuelo? Eu tinha de atender, andar os oito quarteirões e meio, comprar os jornais, levar comida. Tinha de ir direto para lá, atravessar o lamaçal da entrada e ouvi-la sem ouvir, olhá-la sem olhar (porque aquele olhar era insustentável, então eu tinha de contar os pregos nas paredes). Eu tinha de escutá-la: que fosse precavida, que fechasse bem a porta e tomasse cuidado com o frio, tanto frio, você está pálida, Iquela. Eu tinha de assentir, retomar o caminho e recomeçar. No fim, ela fazia *isso*, seja o que for que *isso* significasse, por mim.

O telefone ainda continuava tocando. Não fui capaz de atender (e contei três copos sujos na sala e nenhum raio de sol pela janela). Entrei na cozinha, girei a torneira da pia e peguei duas aspirinas da gaveta dos talheres. Abri a torneira fria até o fim, e também a quente, ambas no máximo, mas não consegui fazer que a água clareasse nem que saísse um jorro mais forte. Parecia travada, atrofiada por terra e sujeira, que atravancavam o encanamento. O copo se encheu apenas o suficiente para um único gole: sedimentos e pó. Coloquei-o de novo sob a torneira e esperei. Mais dois goles e me rendi: impossível beber. Procurei na geladeira restos de suco, leite, o que fosse, mas não havia uma só gota de nada. Calcei os sapatos, vesti um agasalho e saí do apartamento.

Assim que pus os pés nas escadas notei minha sombra desenhada nas lajotas. Desci os quatro andares tentando me convencer de que possivelmente era um dia nublado, talvez já fosse tarde, só isso; porém, assim que saí do prédio, com ambos os pés plantados na calçada e o peso se instalando em meus ombros, foi impossível pensar em outra coisa.

Lá fora choviam cinzas. Santiago estava mais uma vez manchada de cinza.

Com os pés enterrados no pó, permaneci imóvel, conhecendo e reconhecendo as cinzas que tingiam a calçada e a banca de jornal da avenida Chile-Espanha, as cinzas que cobriam a banca do vendedor de azeitonas da esquina, concentrado em calcular o troco de sua última venda. Flocos minúsculos pousavam sobre o capô dos carros, enredando-se nos espelhos retrovisores, nos para-brisas, envolvendo o cabelo dos pedestres, seus passos tranquilos, a cabeça convenientemente abaixada.

Decidi andar dois quarteirões acreditando que era disto que eu precisava: passear um pouco, me distrair. As cinzas formavam um grosso tapete que abafava todo som, e o silêncio só aumentava minha dor de cabeça. Continuei andando, convencida de que bastariam alguns minutos para me acostumar, três ou quatro quarteirões para perceber alguma mudança, e quase sem me dar conta fiquei mais confortável. Santiago ficava bonita em preto e branco. A cidade se reconhecia a si mesma: rostos impassíveis, cachorros estatelados sobre o pó. Minha mãe teria dias felizes, dias em que ela e eu veríamos a mesma coisa do outro lado da janela. E Felipe, quando se decidisse a sair de casa, comentaria a mesma coisa de sempre: os galos vão se confundir com essa luz, vão parecer um disco quebrado cacarejando de hora em hora.

Um ônibus indo para oeste parou na avenida Irarrázaval, diante de mim, e eu subi nele sem pensar, apressada pelo gesto do motorista que me indicou que não fizesse hora na porta. Sentei-me lá atrás, no único assento livre, ao lado de uma mulher que lia concentrada e nem sequer mexeu as pernas para que eu me sentasse à janela. Do outro lado do vidro um homem varria, espalhando as cinzas no chão, e uma idosa vendia favas com cebola em uma banca que ela teimava em limpar com o dorso da mão.

Seguindo os passos da mulher, desci em frente ao cerro Santa Lucía, mas a poucos metros dali a perdi de vista. Suas pegadas se confundiram com as demais, passos em todas as direções, centenas de pessoas idênticas com suas pisadas e as minhas, aplainando-as até que se tornassem uma única pegada. Nem um só espaço desocupado no chão, nem um centímetro de terra que não houvesse sido percorrido, apagado e pisado outra vez. Procurei o rosto da mulher, um ponto fixo ao qual voltar depois de rodar e rodar, mas não consegui encontrá-la.

Aproximei-me de uma banca de jornal esforçando-me para pedir uma garrafa d'água e também perguntar onde ficava o consulado da Alemanha (uma voz cinza sobre o cinza, uma fagulha de calma). O homem demorou a responder. Incêndio destrói delegacia em Biobío. Novo aumento nos gastos parlamentares. Empate na Copa Libertadores. Apenas o jornal da tarde, que estavam acabando de pendurar na parede, anunciava em letras vermelhas (violentas letras vermelhas que fugiam do tom): Outra vez. O título impresso sobre uma fotografia de meia página: a Plaza Italia coberta de cinzas. Poderia ter sido Santiago em outra época, uma foto emoldurada na parede, mas era minha cidade naquela manhã mesmo. Outra vez.

O prédio ficava a poucos quarteirões, de acordo com o jornaleiro, que interrompeu uma discussão acalorada sobre se Cobreleoa cairia ou não para a segunda divisão e me respondeu de má vontade, entregando-me uma garrafa de água morna que tomei aliviada, mas que não aplacou minha sede. As pessoas iam para o trabalho, faziam suas coisas sem pressa. Comecei a andar juntando-me a esse ritmo, misturando-me com o resto, com os restos, supondo que encontraria Paloma vigiando o céu, talvez buscando um caixão suspenso entre as nuvens.

Não foi necessário entrar no edifício. Paloma estava conversando do lado de fora com Felipe, os pés enfiados no pó e nem uma única pegada à sua volta (as pegadas não deixavam pegadas de si mesmas). Ela mudava seu peso de uma perna para a outra, a marca inquestionável daqueles que esperam, mas em vez de falar comigo se concentrou na parede diante dela (ainda posso vê-la). Você está branca, me disse então, e pronunciou algumas frases em um castelhano entremeado de palavras intrusas em alemão. O nervosismo havia penetrado seu espanhol, parado em algum lugar entre a garganta e os dentes, que trituravam sem dó nem piedade uma de suas unhas. Felipe copiava esse tique: a mão dobrada em um ângulo incômodo e seus dentes arrancando a cutícula do dedo mindinho (copiar um gesto, retê-lo, repeti-lo). Achei que ela estava pálida, cinzenta na verdade, mas preferi interrogar Felipe.

Como você chegou tão rápido?, perguntei só para dizer algo, dando-lhe um tapinha do qual ele se desviou inclinando-se para trás. Você não estava ouvindo música em casa? E Felipe sorrindo, arqueando as sobrancelhas, buscando o olhar de Paloma, não o meu: E você?, eu achava que você estava regando o jardim da sua velha, disse (o telefone tocando cada vez mais alto).

Pensei em ir embora e retomar minha rotina, desculpar-me como se nada tivesse acontecido, comentar o ocorrido com minha mãe, mas Paloma tirou um cigarro do bolso e, exalando uma nuvem que serviu para nos separar, para deixar claro qual seria o lado da baforada ocupado por cada uma, comentou que as cinzas pareciam granizos sem água. Sua reação, quase desinteressada, me desconcertou e me fez acreditar que ela sabia das vezes anteriores, que com o castelhano era possível aprender outras coisas, como por exemplo: em certas ocasiões, o céu chileno desabava em branco e preto. Ou talvez ela sequer notasse o dilúvio. Isso, ou perder o caixão, era muito mais grave que ver Santiago enterrada em cinzas.

Afastamo-nos do edifício e, caminhando pela avenida cinza, sem saber o que fazer, Paloma e Felipe começaram a discutir. Falavam sobre onde passar a noite, qual rota deviam tomar. Conversavam como se se conhecessem há muito tempo, dando-se pequenos cutucões. Avaliavam se deviam preencher ou não o formulário, se valeria a pena seguir os trâmites obrigatórios. A funcionária do consulado explicara a Paloma que ela devia seguir nãoseiqual procedimento, nãoseiquais caminhos regulares, devia preencher uma ficha para reiniciar a repatriação, desta vez por terra: repatriação voluntária de restos mortais de um falecido (ou da falecida, corrigi: a defunta, a finada, o presunto, o cadáver, a morta, Ingrid). A mulher lhes explicara que o problema não era deles nem da embaixada nem da imigração nem da meteorologia nem do Estado. Aquele problema era anônimo. O voo simplesmente não tinha conseguido aterrissar antes das cinzas. Foi isso que Paloma disse. Sua mãe foi desviada para a Argentina; estava perdida em algum rincão distante de Mendoza.

6

Cinzas? Outra vez? Que piada de mau gosto!, embora com certeza vai haver mais gente morta com a cidade tão suja, um dia de restos, claro, como a morta expatriada, a fugitiva de Mendoza, o que fazer com ela?, concentrar-se e subtrair, ou seja, uma chuva louca não vai me afastar da minha tarefa, tenho que descobrir por que o número dos que nascem e dos que são enterrados não bate, por que os nichos vazios e os cemitérios se fundem na paisagem, é isso que eu penso enquanto ando pela Alameda e vejo as pessoas tão caladas, todos alucinados por causa da poeira cinza, quem sabe, talvez seja legal, depois de tudo, quem sabe se eu cheirar um pouquinho deixo de pensar tanta besteira, só um tantico, um pouco de pedra moída não faz mal a ninguém, uma carreirinha na mão, isso, que delícia, todo mundo anda, com razão, com as ideias feitas de pedra, como a gringa, que mal me disse oi e já estava tagarelando sobre Mendoza, como se já não houvesse mortos o bastante, agora a gente tem que importá-los!, que grande história, sabe-se lá se a sua mãezinha estava contemplada no censo mortuário e eu tenho que subtraí-la ou ela já tinha sido subtraída, e nesse caso vou passar pro negativo, como atinjo o zero?, matando mais gente?, desenterrando-a?, e o que eu faço com os que voltam?, nunca imaginei tantos problemas, a aritmética é imperfeita, eu já sabia, por isso ia muito mal em matemática, tinha alguma tramoia ali nos exemplos com maçãs e peras, vamos subtrair corpos, professor, vamos ver como o senhor se sai nessa confusão!, mas a gringa não estava interessada nos meus problemas e por isso, quando me viu, me lançou os seus olhinhos claros, olhos de céu azul que parece que não vai mais existir em Santiago, pupilas que perguntaram: Mendoza fica há quanto tempo daqui?, e eu primeiro não entendi mas vi esse poder nos olhos, como se tivesse nascido pra ver coisas lindas e a feiura desaparecesse diante dela, por isso pensei que ia me desmanchar, porque de Adônis não tenho quase nada, mas ela me olhou e eu entendi que a gringa pretendia partir, porque a sua mãe queria que a enterrassem aqui, eu disse assim, bah, que me importa onde as pessoas querem ser enterradas?, ao menos nisso a minha mãe teve consideração, o seu funeral nem deu trabalho, de repente estirou as canelas, um câncer do coração, bau bau, nem subtraí-la eu pude porque era criança e nem percebi quando a tristeza se enfiou dentro dela, essa tristeza que bateu asas e a minha mãezinha se foi, montada em cima dela, foi isso que dizem que aconteceu, e a gringa querendo cruzar a fronteira hoje mesmo, hoje!, como aqueles olhos vão querer atravessar a montanha pra procurar uma morta?, cruzar e ver cinzas em vez de plantações de tulipas e banquinhas de algodão-doce, as pessoas leves costumam ver coisas leves e a Paloma pesa menos que um saquinho de pipocas, por alguma razão lhe deram o nome de Paloma, embora na realidade pudesse se chamar Victoria ou Liberdade ou Fraternidade, a Frate, pura criatividade!, não como no meu caso, que herdei nome e sobrenome, igual às piadas, que repetidas saem podres, mas Felipe não é tão ruim, considerando que podiam ter me chamado de Vladimir, Ernesto ou Fidel, o problema é que a gringa flutua por cima das coisas, inclusive agora, caminhando pelo centro empoeirado, a sua dor voa por cima dela, sim, como as pombas e os condores e as aleluias desafiando as cinzas, é nisso que eu penso quando a alemãzinha se põe brava, enfiou na cabeça que tem que ir buscar a morta e pronto!, até a Iquela aceita! doida demais!, outra morta sem corpo é a última coisa que eu preciso, uma viagem não faz mal a ninguém, que diabos, gringa!, mas é você que vai pagar, e que fique claro que eu vou por curiosidade matemática, nada mais, e a gringa se põe toda contente embora eu veja nela um brilho de maldade, porque no fundo está se divertindo com a fugitiva, como essas pessoas a quem não acontece nada durante a vida e de repente, zás, ocorre alguma coisa incrível, como uma chuva de cinzas, claro, e se sentem protagonistas sem entender que não são protagonistas de nada, aqui todos nós somos embusteiros, gringa, nem pra coadjuvante a gente serve, olhe à sua volta, as faces voltadas pro chão, olhe pra eles, olhe pra mim, mas isso não é coisa que se diga, preferi ficar quieto e deixar que ela fantasiasse como ia contar aos amigos alemães a história do cu do mundo coberto de cinzas, sim, e como a sua mãe estava no avião barato e por isso não conseguiu aterrissar no Chile e ela foi pra Mendoza, ó salvadora!, a nossa heroína, e a alemãozada vai olhar pra ela com os olhos arregalados e ela vai assentir com gravidade, vai assentir com solenidade de órfã e vai se deliciar com a atenção, sim, vai se deleitar como se fosse importante, mas quem sabe, é capaz que a pobre gringa esteja triste, de qualquer jeito a sua velha morreu, é capaz mesmo que ela esteja angustiada e com medo, e por que é que eu vou me fazer de durão: as cinzas caindo assim sem parar, sobre a cidade, assustam um pouquinho mesmo.

( )

Felipe tomou a decisão com uma rapidez surpreendente, como se sua única missão no mundo fosse encontrar Ingrid do outro lado da cordilheira. Eu, por minha vez, tinha dúvidas sobre o plano, ou melhor, ele me provocava uma distância desconcertante, como se eu não pudesse imaginar a viagem ou aquele projeto fizesse parte da trama de um *road movie* do qual eu jamais seria protagonista. O certo é que Felipe estava decidido, e embora eu sempre tivesse pensado em viajar, era ele quem partia e eu tinha de segui-lo, verificar quando voltaria (ele não esperava, não olhava, não sabia). Não podia deixá-lo sozinho. Minha mãe me advertiu disso quando a avó dele, Elsa, morreu e Felipe foi morar em Santiago conosco. Era uma antiga promessa (as velhas promessas pesam duas vezes mais que as novas) e Felipe sabia muito bem disso. Incapaz de permanecer em um lugar por mais de algumas semanas, ele desaparecia do apartamento, obrigando-me a todo tipo de mentiras: está no banheiro, mãe, está dormindo, uma tosse convulsiva o deixou afônico. Se dependesse de mim, ao contrário, não iríamos a parte alguma, muito menos naquele dia. Eu tinha fechado as cortinas do apartamento para evitar a horrível simetria das ruas, as árvores cobertas de cimento, as crianças já acostumadas às cinzas construindo castelos com elas. Dissera a Paloma que tivesse paciência, sua mãe com certeza não estava com pressa. Mas não fui capaz de ficar sozinha. Serão no máximo dois dias, ela respondeu quando tentei convencê-la de que eu ficaria esperando os dois em Santiago, quando pedi que entendesse (minha mãe, Paloma, a minha).

Depois de alguns quarteirões de indecisão, resolvi que iria com eles para ver a cidade lá de cima e voltaria rápido. Pediria o carro para minha mãe e cruzaríamos a cordilheira. Parece simples, disse Paloma enquanto percorríamos o Parque Florestal, Felipe pirando com os vira-latas que latiam para um Mapocho completamente imóvel. Apenas quando o plano estava pronto, Felipe mencionou o verdadeiro problema: e onde enfiamos a morta?, disse, estancando na mesma hora. Minha mãe, corrigiu Paloma dando-lhe um pequeno cutucão no braço (uma carícia insuportável). Minha mãe, Felipe, pare de dizer a morta. Mas Felipe insistiu e, aproximando seu rosto do de Paloma, ficando a um centímetro dela, lhe disse: sua mãe morta, gringa, morta (e o pó se acomodou sobre seus ombros, tornando-os odiosamente parecidos). O problema era este: que Ingrid estava morta. A imagem de um caixão preso no teto do carro me pareceu um argumento suficiente, mas bastaram alguns quarteirões para que a solução surgisse à nossa frente.

A sucursal do Lar de Cristo estava quase fechando, a porta metálica deslizando até o chão, quando Felipe se adiantou, enfiou o pé na abertura e bateu na porta até conseguir que um homem vestido de preto se resignasse em nos atender. Ele nos levou, passando por uma recepção escura (oito cadeiras, uma televisão, apenas um fícus regulamentar), até um salão com cubículos idênticos, dispostos em um labirinto de cadeiras com rodinhas e teclados ergonômicos. Felipe tomou a palavra antes de se jogar no assento. O homem escutou com atenção mas perdeu a calma quando compreendeu o que estávamos planejando. Retrocedeu sobre sua cadeira e se levantou de um salto, indicando-nos a porta de saída. Por acaso estávamos loucos?, perguntou brandindo um catálogo com as ofertas de cerimônias mortuárias. O aluguel não é por hora, rapazinho, é por serviço. Não somos um motel nem uma locadora de automóveis.

Felipe e eu saímos às gargalhadas do escritório. Paloma, ao contrário, roía as unhas, vermelha de raiva. Tentei acalmá-la, tocá-la, mas só consegui que acelerasse o passo, avançando como se na próxima esquina fôssemos encontrar uma funerária alternativa. E foi isso. Em plena avenida Vicuña Mackenna, quase irreconhecível debaixo de um manto de cinzas, um carro fúnebre estava estacionado (é preciso ficar preparado, dissera o homem que cobria o carro na noite anterior). Cruzei a rua incrédula, uma miragem, mas Felipe se encarregou de esclarecer minhas dúvidas: Mercedes Benz 1979, anunciou, e se aproximou de uma velha casa colonial, térrea, as telhas rachadas pelos tremores e as janelas revestidas de barras de ferro enegrecidas. Sobre o umbral da porta, uma placa pendurada em um prego: FUN RÁRIA O TEGA & ORT, e logo abaixo: MEIO SÉCULO AJUDAN O-O A SENT R.

A porta foi aberta por um sujeito jovem, alto e magro, a pele perfurada por uma adolescência carregada de espinhas, que nos manteve no umbral enquanto nos examinava. Ao ver Felipe, ergueu e apertou sua mão em um gesto automático. Sinto muito por sua perda, disse-lhe muito sério, a cabeça balançando de cima para baixo. Dava os pêsames a ele, não a mim nem a Paloma. O enlutado foi Felipe, que lhe devolveu o cumprimento franzindo os lábios para não soltar uma risada. Permaneceram em silêncio por um momento, como se não soubessem encerrar o gesto, as condolências mecânicas, e achei então que estavam se paquerando, que o contato entre suas mãos se estendia além da conta.

A casa era fria e ao entrar escutei um homem cantarolando uma *cumbia* no outro aposento. Um cheiro forte de fritura se espalhava pelo corredor, irritando meus olhos e me obrigando a retroceder para tomar um pouco de ar (cebolas, cinzas, não tive alternativa). Fui distraída por um salão de pé-direito alto com cinco caixões no centro. Nas paredes, descascadas e sujas, havia quadros de flores. Felipe se aproximou para ler a descrição sob a imagem de uns copos-de-leite. *Oferecemos coroas tradicionais, almofadas primaveris, mantos de rosas, lágrimas de flores e almofadas florais*, leu e soltou uma gargalhada, perguntando se tanta almofada era para a comodidade do morto. Paloma o ignorou ou não escutou. Estudava melancolicamente a madeira de um féretro, reconhecendo-a, acariciando-a com a ponta dos dedos enquanto o garoto recitava de memória uma lista de características: madeira nobre e durável, disse, balançando-se como um pêndulo perto da porta.

Fomos interrompidos pelo rangido do piso e o aparecimento de Ortega pai, um homem ainda mais alto que o filho, porém bastante gordo, de olhar manso e sobrancelhas grossas que lhe pesavam sobre os olhos. Arrastava os chinelos e secava as mãos com um pano de prato, até a última reentrância dos dedos grossos e calosos. Deu uma palmadinha nos ombros do filho (um golpe preciso, que deteve o vaivém) e lhe disse que era questão de prática, devia observar muito bem para reconhecer a situação, com certeza tinha se enganado de novo. Não entendi do que estava falando até que entrou no salão. Olhou-nos com muita atenção, avaliando, juntando as sobrancelhas em uma só linha sobre os olhos, e disse sem hesitação, sinto tanto por sua perda, jovem, dando a Felipe um firme aperto de mãos, seguido por uma carícia no braço de Paloma, e por fim tomou minha mão como se ela fosse um passarinho recém-nascido, que aninhou entre as suas com comovedora ternura. Meus sentimentos, senhorita, disse, os olhos brilhando umedecidos. Agradecemos em uníssono.

Ortega pai escutou Paloma sem interrompê-la. Assentiu quando ela lhe contou os pormenores do consulado, os formulários, o avião que se desviou para Mendoza. Sou alemã, esclareceu, estou aqui de passagem. Por favor, me ajude, suplicou com uma voz adocicada. Seu relato, contado sem pausas, me pareceu absurdo e tive a sensação de estar presa em um sonho. Ortega, ao contrário, pareceu satisfeito ao escutá-la e não considerou sua solução desesperada. Apenas acrescentou, com uma solenidade irritante, que ele também gostaria que o enterrassem em sua pátria, que qualquer um, que todos nós gostaríamos de ser enterrados em nossa pátria. Você fez bem, disse a Paloma, que se afastou arrastando os pés. Voltou com um jogo de chaves e uma almofada debaixo do braço. Pra que vocês se acomodem na frente, disse, é de mau agouro ocupar a parte traseira do General, e entregou a almofada a Felipe, que continuava hipnotizado por Ortega filho, o qual se tornara mais baixo e mais magro, como se a presença do pai o diminuísse e ele tivesse de conquistar à força cada uma das letras que faltavam na placa.

Ambos nos acompanharam até a porta e, lá fora, Ortega pai me entregou as chaves e me olhou com certa desconfiança, as sobrancelhas caídas sobre as pálpebras avultadas, aquosas. Agradeci e me sentei ao volante, Paloma na outra janela e Felipe se acomodou no meio, sentado na almofada que encaixou no espaço entre os dois assentos. O trato foi muito simples: pagaríamos na volta e telefonaríamos para ele se houvesse algum problema. Baixei o vidro para vê-lo uma última vez e ele aproveitou para repetir, enquanto dava umas palmadinhas polvorentas no carro, que eu dirigisse com cuidado. A embreagem é um pouco manhosa, filhinha, e o General já tem lá seus anos, embora jamais tenha me traído (traído, pensei, ponderando essa traição).

Achei o interior do General estreito, pelo menos o compartimento dos vivos. No espaço entre os bancos cabiam apenas as longas pernas de Felipe, que batiam na caixa de câmbio em qualquer posição. Pendurada no espelho, uma miniatura de dálmata e uma foto de Ortega filho quando criança giravam de acordo com o ritmo do automóvel, vigiando-nos e logo nos dando as costas. Apenas Paloma parecia confortável, as pernas dobradas no banco áspero e surrado, e seu olhar atento no espelho retrovisor, onde cinco, talvez dez carros tinham se postado em uma fila encabeçada por nós e nos seguiam muito ordenados com os faróis acesos.

Quando entramos no apartamento, voltei a ficar indecisa. Culpei Paloma, que insistiu no fato de que avisar minha mãe sobre a viagem não era uma ideia muito brilhante (e contei quatro marcas de copos sobre a mesa, sete bitucas no cinzeiro e oito quarteirões e meio a percorrer). Ela achava melhor não revelar nossos planos, minha mãe ficaria muito preocupada. Ela não é uma pessoa que leva as coisas numa boa, disse, e sugeriu que apenas quando voltássemos com ela lhe contássemos o que havíamos feito (e com *ela* queria dizer sua mãe morta, e com *o que havíamos feito* queria dizer repatriá-la, se acaso houvesse um lugar para o qual voltar).

Mal consegui acompanhar a conversa. Seria uma viagem curta e ela tinha certeza de que minha mãe também queria enterrar Ingrid em Santiago, ficaria orgulhosa de que a trouxéssemos, era o tipo de coisa que ela teria feito (o tipo de coisa que valia a pena). É uma boa ideia, disse a mim mesma, mas não pude evitar de pensar em minha mãe cortando as folhas de magnólia, arrancando cada folha de grama, limpando a poeira já instalada nos arbustos e nas lajotas. Imaginei-a balançando as árvores e varrendo o chão, apenas para varrer e varrer outra vez. Imaginei-a com o telefone nas mãos discando exasperada, perguntando-se por que eu não atendia, por que demorava tanto, como eu não pensava nela. Teimosa, vi-a discando de novo, sua boca embaçando o fone, perguntando por que não atendi antes, o que eu estava fazendo, para onde estava indo, por que Mendoza, por quanto tempo. Exatamente quanto, Iquela, não minta pra mim. O que é tão importante, diria, se tudo o que você faz é perder tempo. Tanto tempo perdido.

(Onde você está, Iquela? Falta muito? Você já está vindo? Leu o jornal? Como é possível que você não o compre? As cinzas. Cuidado com o arsênico e o magnésio e os nitratos e a poluição. Você está pálida. Está magra. Está sozinha, Iquela. Tão jovem e tão sozinha, filha. Tão sozinha... Tão filha.)

( )

Saí de Santiago sem sair, ou sem acreditar que estava saindo. A chuva se tornou ainda mais grossa quando pegamos a rota da pré-cordilheira e o caminho ficou mais denso por causa das cinzas que caíam pesadas. De pernas cruzadas à minha direita, Felipe cantarolava uma música a princípio vagamente familiar mas que não demorei a reconhecer: Vamos passear bi bi bi num carro espetacular bi bi bi! Imitava seu tom infantil, a lembrança de si mesmo no banco traseiro do carro, batendo eufórico no banco de minha mãe (calados, o cinto de segurança, fique quieto, Felipe). Sempre a mesma coisa: encostado no banco, Felipe sussurrava em meu ouvido. Vamos fazer uma coisa nova, Ique, vamos brincar de forca, de apertar a corda, diz a voz infantil para que só eu possa escutá-la. Encolho meus ombros de menina convencida de que ele pegará lápis e papel e nosso jogo consistirá em adivinhar vogais ou estrebuchar no cadafalso. Mas Felipe não quer jogar essa forca, quer experimentar a versão que ele inventara tempos atrás em Chinquihue. Por isso, tira da mochila uma de suas canetinhas e um longo pedaço de barbante preto, pega minhas mãos, meus dedos curtos e gorduchos, e me pede que os estenda bem, Ique, sem se mexer. Minha mão imóvel sobre seus joelhos, a palma virada para cima, enquanto Felipe desenha todo concentrado dois pontos negros como olhos, um círculo imitando o nariz e uma linha reta para indicar a boca em cada uma das gemas de meus dedos: cinco rostos apáticos em minha mão. Invertemos os papéis: agora sou eu quem traça olhos sobre seus dedos, desenho gravatas, cachinhos, e rimos juntos, agitamos as mãos como um aceno, fazemos cócegas um no outro. Então vem o uni-duni-tê: um dedo de Felipe, o escolhido, fica esticado. O escolhido foi você. Os demais dedos se abaixam, fazem reverências enquanto minha mão, cinco obedientes soldados, segura o barbante, o longo cordão que meu exército prende com determinação, Ique, mais forte, aperte, diz a voz (ressuscitada, aguda, impossível aquela voz). Até ver seu sangue parado, seu dedo estrangulado, os olhos saltados, o fio enrolado no primeiro nó dos dedos, uma cabeça a ponto de explodir e nossas risadas abafadas, porque não devíamos fazer barulho, assim dizia minha mãe: parem com esse barulho, caramba, estou escutando uma notícia importante (os tambores, a grave insistência daqueles tambores).

Diante de nós, como uma assombração, a cordilheira, vigiando-nos desde sempre. Comentei como o céu estava cinza, os campos enterrados debaixo do pó, a textura do vento agora visível (uma mortalha cinza sobre Santiago). Necessitava comprovar que estava indo, é uma viagem, é verdade, disse a mim mesma e acelerei o carro fúnebre até o limite de suas forças, um friozinho novo na barriga. Felipe conferia absorto uma pilha de jornais e Paloma se entretinha com um mapa, como se desde a Alemanha já tivesse planejado alugar um rabecão e cruzar a cordilheira: pegue a Cinco Norte e depois a Rota 57, continue por Río Blanco e Guardia Vieja. Prestei-lhe atenção até que percebi os erros nos nomes, as distâncias alteradas, a geografia de uma cidade antiga (afastávamo-nos de uma cidade anterior).

Um par de quilômetros antes de pegar a rota da fronteira, paramos para encher o tanque. O frentista matava o tempo cochilando sob um toldo, as pernas estiradas e um jornal protegendo a cabeça. Felipe saiu para comprar algo em uma máquina (uma moeda atrás da outra, um autômato) e o rapaz se apressou em se levantar, inclinando-se para Felipe em uma reverência esquisita. Outra vez os pêsames para ele. Depois se aproximou de nós e, examinando o carro, conferindo inclusive o vidro traseiro, me perguntou pelo caixão (o féretro, o sarcófago, o ataúde, a caixa). Pareceu não ligar para a resposta. Precisava falar com alguém depois de ter ficado sozinho o dia todo. É chato pra caramba, vocês nem imaginam, vocês estão subindo pra ver a neve? Nunca viram neve? É mesmo? Vão sim, é bem bonito, disse, e ficou hipnotizado pelos cumes revestidos de cinzas.

As curvas se tornaram muito fechadas e logo me arrependi de ter cedido à insistência de Felipe: agora era eu quem estava encolhida na almofada e ele dirigia. A foto de Ortega filho se balançava de um lado para o outro e também eu, que mal conseguia manter o equilíbrio. O caminho era um interminável zigue-zague e Felipe dirigia nas curvas sem diminuir a velocidade, mantendo-me muda e apavorada. Não vão ficar hipnotizadas, disse, subindo a espiral interminável. Nem conseguimos rir. Paloma segurava com a mão direita a maçaneta da porta e com a esquerda se apoiava em meu ombro para não cair e evitar que eu também rolasse pelo chão.

Depois de umas dez ou quinze curvas, não aguentei. Vamos descer pra tomar um pouco de ar, disse, estou enjoada. Ali do barranco, o vale de Santiago se estendia silencioso, um buraco afundado entre os cerros e umas poucas luzes espalhadas ao redor. O caminho que acabáramos de percorrer era uma linha plana, não havia nem marca da passagem do carro. As cinzas caíam com tanta força que não permitiam deixar rastros. Paloma respirava com dificuldade, tapando o nariz com uma das mãos enquanto me segurava pelo braço com delicadeza (ou para não perder o equilíbrio). Se ela respirasse fundo poderia ter acalmado sua ansiedade. Eu, ao contrário, não tinha nenhum problema com o ar e menos ainda Felipe, que se afastou de nós e foi até uma gruta onde ainda restava um pouco de neve, apesar do calor dos dias anteriores. Atravessou rápido pelas cinzas, como andava na praia quando éramos crianças e tirava a roupa de repente apesar das advertências de minha mãe que gritava não, Felipe, pode se vestir agora mesmo, tem uma bandeira vermelha, é perigoso. Felipe se desnudava e corria pelado para as ondas, atirando-se no mar da única forma que ele sabia: com violência. Um jeito de mergulhar que não era nadar, e sim cravar-se na espuma, ou melhor, cravar nas ondas seu corpo esquálido, ferindo-as. Felipe avançava rápido pela areia negra e pedregosa de Chinquihue, corria a toda a velocidade e, quando chegava à beira, se soltava do chão e voava: levantava as pernas se esquivando da água até que o encontro fosse inevitável; até que, de onde o esperava (em minha orla seca, em minha obediente orla sombreada), eu não conseguisse ver nada além de suas mãos, seus dedos atravessando a onda que por sua vez atravessava Felipe, derrubava-o em um turbilhão, tragando-o quinze segundos exatos (quinze segundos que eu contava aterrorizada), até que ele saía tremendo e cuspindo. E voltava a se enfiar, o Felipe, e voltava a cair e a se cravar na água, atravessando-a até sair azul, azul sem ar, com os olhos irritados e batendo os dentes, dizendo-me entorpecido que a água estava maravilhosa, deliciosa. Felipe se aproximou da gruta onde as neves eternas resistiam, completamente imunes às cinzas. E de lá gritou que faltava pouco, que nos aproximássemos, venham ver, eu nunca toquei na neve, disse nos dando as costas. Depois virou para nós e estendeu os braços, sorrindo. Gotas macias caíam entre seus dedos, através de suas mãos que formavam uma concha cheia de uma horrível substância cinzenta.

Pedi a Felipe que seguíssemos viagem. Caía a tarde e as cinzas se grudavam à minha pele, desesperadoras. Preferia estar em movimento do que ficar ali enterrada. Ele olhou para mim, aborrecido, desafiando-me a aguentar mais de quinze minutos de pó sobre os ombros. Depois de insistir por um bom tempo, consegui fazer que entrássemos no carro: ele irritado, Paloma indiferente e eu mais tranquila, embora meu alívio tenha durado apenas alguns minutos. A estrada era um horizonte escuro. Quase todos os faróis estavam queimados e o caminho para Uspallara se tornara intransitável. Não tivemos escolha. Felipe se desviou da estrada principal e entrou no vale, perdendo-se no meio das montanhas, parou o carro e apagou os faróis.

A noite caía pela primeira vez.

5

Não gosto nada de ficar enclausurado, não, o que eu quero é andar, passear a pé, de ônibus ou então no General, mas ficar aqui parado não, era melhor ter cruzado a cordilheira de burro como fez aquele poeta que desenterraram, e melhor ainda se for uma caminhada noturna, sim, porque à noite é muito melhor caminhar, pra pensar com tranquilidade, no frio, porque as ideias saem melhor quando é de noite, isso qualquer um sabe, que as ideias tristes se mimetizam com o negro, por isso eu ando tão tarde, tão no coração das raízes, desde a primeira vez que fui embora da casa da Iquela, quando éramos crianças e a minha vozinha Elsa me deixou por alguns dias em Santiago, são só uns dias, filhinho, tenho que fazer coisas importantes, disse ela e eu repeti: im-por-tan-tes, porque eu gostava de separar as palavras em sílabas, especialmente as proparoxítonas, coisas que eu não entendia ou coisas im-por-tan-tes, claro, e a minha vó partiu, primeiro muitos dias e no fim mui-tís-si-mos, e então a casa ficou pequena pra mim ou na verdade me faltava o ar, o oxigênio escasseava, porque nessa época o Rodolfo continuava no quarto, doente, e eu não gostava daquele cheiro agridoce, de fruta podre, de remédios que entravam pelas narinas e desciam pela garganta, naquela confusão tudo ia apodrecendo, ia ficando triste, isso era o que eu pensava, porque até as frutas-do-conde ficavam tristes naquela casa!, por isso é que eu fui embora, aquele cheiro estava me matando e eu não queria morrer, não senhor, portanto peguei as minhas coisas e percorri quietinho o corredor da casa, cruzei o jardim e fui, mas quando ainda estava a três ou quatro quarteirões a sensação de estar com areia na garganta não passava, por mais que eu engolisse e cuspisse não passava, não, e eu fiquei surpreso que o cheiro tivesse me contagiado e circulasse pelo meu sangue, fedorento pra sempre, por isso comecei a arrancar flores, no começo rosas que eu apertava contra o nariz até lhes roubar todo o cheiro, até espremê-las por completo, sim, eu pegava punhados de rosas e jogava no chão pra depois perseguir os arbustos de acanto, com as suas flores de línguas brancas e o seu cheiro doce, tão delicioso que as chupava como flautas, assim ia eu comendo o néctar enquanto deixava a cidade sem flores, sequestrando pétalas esquartejadas, separadas das sépalas e dos estames e das corolas e das antenas e dos tálamos flutuando nas sarjetas, ali com os girinos eu abandonava as flores despedaçadas, canoas brancas na água turva pra que os sapinhos navegassem, pistilos flutuantes com os seus bichos-capitães, e eu passeava por Santiago e comia os talos e o pólen e pendurava as minhas ideias nos cabos dos fios elétricos pra ver se elas se iluminavam, como aqueles sapatos suspensos como planetas brancos no céu negro, era isto que eu queria, deixar Santiago sem flores e me apropriar dela: que todas as pombas fossem minhas aves e também os mosquitos e os pombos e os estorninhos, sim, e ser dono dos cachorros, amo e senhor dos vira-latas órfãos de Santiago, ser o pai e a mãe deles pra abrir as suas boquinhas, os seus focinhos fedidos oferecendo-me as suas babas brancas, a baba grossa e borbulhante pra que eu a guardasse, a raiva de todos os vira-latas caindo numa garrafinha plástica, era isso que eu queria, e depois aproximá-la do meu focinho molhado pra cheirá-la e prová-la e por fim tragá-la até o último sorvo e deixar Santiago feliz, a capital contente e sem raiva, e eu como o seu dono e senhor, rei dos vira-latas satisfeitos, era isso que eu pensava andando por uma rua larga e sem flores quando me deu uma tremedeira enorme, um formigamento de ideia equivocada, porque pensei na Iquela apodrecendo com o cheiro do Rodolfo, eu a vi sentada no tapete de Chiloé que a minha vó Elsa tinha lhe dado, a Ique me dizendo que não fosse pro campo, ela não gostava de ficar sozinha com os pais, que eu ficasse, por favor, foi porque pensei nisso que mudei de opinião e quis voltar pra buscá-la, porque não tinha graça ser dono de Santiago enquanto a Ique apodrecia, porque ela e eu íamos morar juntos, era isto que tínhamos prometido: vamos morar juntos pra sempre? vamos ser primos?, lhe sugeri e ela me respondeu que não, eu vou ser o seu pai, disse e desenhou em si mesma um bigode negro e revolucionário e se enrolou no lençol branco que eu usava e me passou o vestido rosa que ela detestava e brincamos então que eu era a mamãe e ela o papai, mas depois de um tempo ela não quis mais brincar e eu lhe disse que preferia ser o seu bichinho de estimação ou a sua planta, quero ser o pólen, os ramos das flores, porque estávamos aprendendo as partes das flores e eu queria ser um pistilo ou um talo ou então, bom, vamos ser parentes, mas distantes, tá, como tataravós, ou seja: vamos ser tataravós, lhe disse, porque cada um tem quatro avós, oito bisavós, dezesseis trisavós e trinta e dois tataravós! vamos ser tataravós!, e ela me explicando que pra ser tataravós devíamos ter filhos e que esses filhos tivessem filhos e eles também e os seguintes também!, mas ela e eu não queremos ter filhos, por motivo algum, filhos é claro que não, como íamos ter filhos se nós éramos os filhos, nem a pau tataravós, a Iquela disse, e menos mal, porque andar parindo só atrapalharia as coisas, complicaria a matemática com bebês e mais bebês obstinados em nascer, insistindo na soma quando o que se deve fazer é a subtração, bebês é claro que não, então concordamos que não seríamos parentes, pra que família, pra que mais sangue, e ela me pediu que prometêssemos então viver juntos pra sempre, foi isso que ela disse, que jurássemos pelos átomos, pelos meus pais e pelas andorinhas que ficaríamos sempre juntos, e eu lhe dizendo não, Ique, não posso jurar essas coisas, porque essas coisas não existiam e além disso eu teria que cuidar dos animais e das plantas de Santiago, por isso não poderia viver na casa da Consuelo e do Rodolfo, então lhe disse não, Ique, é melhor vivermos juntos-separados, como eu fazia com a minha vozinha, juntos mas não grudados, e ela reclamou um pouco mas depois aceitou e jurou que ia me receber sempre, inclusive quando fôssemos adultos ia ter um sofá pra mim, mas onde a Iquela ia me receber se ela se intoxicava por dentro, foi isso que eu pensei enquanto tentava voltar pra casa e não conseguia, porque a noite estava negra e as minhas ideias haviam se perdido, tinham voado pra longe e já não estavam comigo, e eu pensando que ia precisar de um carro sem capota, não como o General, um como o papamóvel pra que entrasse ar, isso sim, era isso que eu queria, porque eu sempre quis ser papa mas não papai, porque eu queria ser um cordeiro de Deus, pra passear e pastar e viver abrigado na minha nuvem de lã e me esparramar no pasto lá em Chinquihue e tomar água do rio, era isso que eu queria quando era menino até que vi o cordeiro sangrando pendurado de ponta-cabeça e depois não quis mais ser cordeiro, não, mas queria sim um papamóvel pra ir buscar a Ique e que saíssemos juntos pra colher flores, comer as raízes das salsinhas e as cascas das nêsperas, mas não soube como voltar, porque as minhas ideias fogem na noite e eu não sei recuperá-las, porque são escuras e se mimetizam como rãs na selva ou como pedras e cinzas, assim são as ideias negras na noite negra e por isso eu já não consegui voltar e me perdi, sim, porque Santiago era grande, muito grande e não havia mar pra me orientar, e então me assustei, mas só um pouquinho porque depois encontrei um vira-lata órfão, um cachorrinho com manchas pretas e brancas e marrons, e vi que ele tinha sarna e raiva e pensei que podia ser meu cachorrinho-irmão, porque o vira--lata me acompanhou leal com a sua cara enfezada enquanto eu comia os arbustos de acanto, e percorremos muitos quarteirões juntos, muitíssimos, e fizemos xixi nas esquinas e o meu vira-lata lambeu o meu xixi e então o dia nasceu e tampouco encontrei as minhas ideias, porque elas haviam se perdido na noite e qualquer um sabe que as ideias do dia e da noite não se encontram, não, e não sei quanto tempo se passou, uma semana talvez, até que um dia os canas me agarraram quando eu tomava água numa fonte no La Moneda, com o cachorrinho que metia a língua no jorro d'água e eu o imitava, tomando água ali agachados, mas o cana não gostou e disse que ia me levar preso, e eu lhe disse: me prender, nunca! eu gosto de andar!, mas ele me pegou pelo braço e me enfiou no camburão, e no chão havia uma poça de sangue seco e escuro e grosso que o meu vira-lata chupou inteirinha, e a delegacia estava cheia de gente e lá das celas brotava um mau cheiro, mas não o cheiro do Rodolfo, não, era um cheiro mais ácido, cheiro de sovaco e gente presa, foi isso que eu pensei, e observei as caras atrás das grades, olhos cheios de vingança e dor que me forçaram a baixar a vista, e olhando pra baixo vi o meu vira-lata que se cagava de susto, o rabo entre as pernas, o focinho gelado perto do meu joelho, e o cana me perguntou como se chama o teu bichinho, moleque, e eu lhe disse Augusto José Ramón e está com raiva, e o cana fez cara de susto e me disse: é melhor mudar o nome dele, seu merdinha, e eu dei de ombros enquanto ele me perguntava coisas como o meu sobrenome, o meu RG, a minha data de nascimento e onde eu morava, e eu lhe dizendo que vivia na sarjeta, com as pétalas desfolhadas e os girinos, nas corolas das flores, entre os ramos das acácias, e ele olhou pra mim e disse: faz quanto tempo que você não come, seu merda, e eu pensando este aí acha que é quem?, eu sou o rei de Santiago e dos acantos, mas isso não é coisa que se diga, só respondi o meu nome, Felipe Arrabal, e ele escreveu muito devagar, como se estivesse aprendendo o abecê, escreveu tudo em letras maiúsculas, do mesmo jeito que a gringa-alemã fala, tudo em maiúsculas, sim, e eu não gosto das maiúsculas, mas isso eu não falei pra ele, porque ele pegou o telefone e ligou pro sargento e repetiu o meu nome: afirmativo, sargento, Arrabal com B, e eu ali esperando enquanto ele procurava entre os papéis e as pastas com cara de não estar entendendo, enrugando a pele como um buldogue, igualzinho ao *don* Francisco, e então quando ele desligou e me disse: impossível, e depois com um tom rouco e irritado: não tô pra brincadeira, moleque safado, como você se chama, e eu lhe dizendo Arrabal com B de burro, de besta, de bocudo, com B de bruto, lhe disse Arrrrrrabal, e ele me examinando de cima a baixo com o cenho franzido, a cara deformada e a boca se mexendo como os focinhos dos cachorros mas sem baba: é impossível, seu merda, me diz o teu nome verdadeiro, filho da puta, ou vou te encher de porrada, vou te meter na solitária e ninguém vai te tirar de lá, e eu repeti: Felipe Arrabal, o meu nome é Felipe Arrabal, e Augusto José Ramón com a sua baba pingando nos meus sapatos e o cheiro de gente sozinha e a voz do cana saindo forte, brotando vermelha pra dizer: Felipe Arrabal foi dado como morto, e eu calado, e os pistilos e as pétalas e o cálice e a baba borbulhando na garrafa de raiva e eu engolindo a areia que resvalava pela minha garganta, tentando pronunciar uma frase bem baixinho, sussurrando as palavras pra que elas não se perdessem na cadeia, pra que não se mimetizassem metálicas com o metal, eu falando devagar, olhando-o nos olhos, sentindo o focinho molhado de raiva nos meus joelhos, disse então, pra mim mesmo, como fazia com coisas importantes, disse foi-da-do-co-mo-mor-to e saí correndo e não conseguiram me prender.

( )

Resolvemos dormir em uma encosta da qual a noite se encarregou de apagar até os últimos restos de cinzas. Apenas alguns sons reconhecíveis à minha volta: o assovio do vento, a respiração ansiosa de Felipe e o farfalhar dos pacotes de bolacha que ele tinha comprado no posto de gasolina e Paloma devorava sem dó nem piedade. Esperei confiante que me acostumaria com a escuridão, mas depois de um tempo esfreguei as pálpebras e forcei os olhos: a foto de Ortega filho pendurada no espelho e a manchete daquele dia amarrotada aos meus pés (OUTRA VEZ, dizia, OUTRA VEZ). Paloma segurava o mapa com a rota, aproximando-o e afastando-o sem parar dos olhos. Depois de várias tentativas, pegou seu isqueiro e iluminou o papel. Los Penitentes, disse, apagando a chama. Acho que estamos em Los Penitentes (os arrependidos, os enlutados, os aflitos).

Expliquei-lhe que esse vale ficava depois do Cristo Redentor, atravessando a passagem Los Libertadores, e nós estávamos em um planalto sem nome, em parte alguma. Paloma abriu o mapa e o aproximou de mim, teimando em que passar a noite em Los Penitentes devia ser algum tipo de mau agouro, mas não conseguiu reencontrar o vale no papel. Felipe continuava mudo em seu banco, antecipando uma longa noite que com certeza já estava deixando-o louco. Entendi que seria minha vez de persuadi-los. Não tinha sentido ficar ali durante horas, calculando o nada do outro lado do vidro, então sugeri que nos sentássemos lá atrás. Vamos ficar mais confortáveis, disse, deixem de ser supersticiosos. O vaticínio de Ortega não me preocupava; não depois das cinzas, de perder o cadáver e da respiração cada vez mais angustiada de Felipe.

Passamos para o compartimento traseiro, Paloma resignada, Felipe beirando o autismo e eu divertida com a situação, e nos acomodamos em um semicírculo experimentando diferentes posições, tentando nos esquivar das duas barras de ferro paralelas que atravessavam o piso (estratégias para fazer os ataúdes deslizarem). O espaço me pareceu amplo e fiquei surpresa com uma textura suave que cobria o chão, um revestimento de chenile ou veludo. No meio do teto, percebi os contornos de uma lâmpada (a estranha urgência de iluminar os ataúdes). Quando meus olhos quase adivinhavam a disposição do interior, Felipe a acendeu: uma janela traseira, um vidro opaco que nos separava dos bancos da frente e a gritante ausência de janelas dos lados do carro.

Apenas alguns centímetros nos separavam, e o ermo da paisagem, o isolamento e a penumbra favoreciam uma intimidade falsa, de confessionário. Paloma não conseguiu resistir a ela. Estamos tão longe, disse, e se o motor estragar por causa das cinzas? E se não chegarmos a Mendoza? Onde eu vou procurá-la? (seus dedos estralando um atrás do outro: dez segundos desperdiçados). Seu temor me surpreendeu e me virei para a janela traseira. As cinzas caíam iluminadas pela luz do interior (a noite se esfiapando sem remédio), mas o pesadelo de ficarmos presos me pareceu desmedido. Não é para tanto, disse acariciando-lhe a perna, tão fria que me surpreendeu. São só cinzas, Paloma, já vão parar, e deixei minha mão sobre sua coxa, sem saber muito bem como tinha chegado ali. Felipe deu um pulo para trás, obrigando Paloma a mexer as pernas, e abriu sua mochila em busca de algo. Três copos e uma garrafa apareceram como saídos de uma cartola de mágico. Felipe serviu as doses, a sua maior que as outras, e nós, sem hesitação, nos submetemos no mesmo instante à sua proposta: a felicidade do pisco puro.

Jogar stop foi ideia minha. Sugeri que apagássemos a luz e nos estendêssemos no chão, deitados de costas, Paloma entre nós. Pra nos distrair, disse animada pelo pisco, por que não: stop sem luz, lápis ou papel.

Cada um sugeria uma categoria. Propus nomes de vulcão. Paloma disse cemitérios do Chile. Felipe no começo se negou, mas depois de pensar um instante sugeriu formas de matar ou morrer. Paloma tirou os sapatos e se acomodou no meio de nós, as pernas estendidas, o ombro direito roçando o meu. Uma das barras metálicas se intrometia entre nós, enterrando-se em meu braço e minha perna. Depois de um tempo, contudo, deixei de sentir o frio do ferro e minha única sensação foi o tapete na pele, as letras do jogo marcadas no chão onde encontrei a mão de Paloma. Deixei a minha em cima da dela, quentíssima.

Eu começo, disse Felipe. A. Stop. G: General, gaseificado, gonorreia, Guelén. Falávamos letras desordenadas, palavras que se repeliam e outras vezes se fundiam. Huelén é um cerro, Paloma, não é um vulcão, e além disso é com H de Huaina, de halitose, de hepatite. Ninguém morre de halitose. E de hepatite? Tá bom. Stop. M. Metropolitano. Maipo. Mocho. Matado. Quem morre matado, Felipe? Nada a ver. Como não? Mmm... tá bom. Paloma ria descompassada, jogando outro stop em seu alemão intruso. Às vezes deixava escapar alguma palavra que ela mesma traduzia e que jamais coincidia com a letra do castelhano. Apertava minha mão a cada erro. Stop: P. Muitos cemitérios começam com parque, disse ela. É verdade, nem os cemitérios se chamam cemitérios. Peteroa. Puyehue. Pontiagudo. Patinando. Patinando? Que merda, gringa! Quem morre patinando? Stop. T. De tortas. De tonto. De Tacora. De Tutupaca. De torturado.

Às vezes eu também repetia o alemão, sons que raspavam minha garganta e que não significavam nada mais que isto para mim: fricção (o estralar dos nós dos dedos). Talvez ganhasse tempo imitando aquelas frases, ou quem sabe o que me seduzia era o contato. Porque cada sílaba em alemão trazia consigo o contato dos dedos de Paloma com o dorso de minha mão, um ir e vir sem pausas e sem a dor da qual eu me lembrava, a recordação da ardência na minha pele quando repetia esse ritual. Uma garota muito tímida me ensinara esse segredo. O nome dela era Camila, e fomos amigas apenas durante um inverno, suficiente para que ela me revelasse o jogo de se coçar. Consistia em resistir. Deixar que a outra coçasse o dorso de sua mão pelo maior tempo possível. Como a gota d'água que cai persistente sobre a cabeça. Sua unha se movia em um ritmo constante. Coçava. Abria. Ela e eu podíamos fazer aquilo durante horas: minha mão quieta e a dela agitando-se da direita para a esquerda, sem parar. Até que sob sua unha já não restasse mais espaço. Porque minha pele descascada o invadia. Porque meu sangue se amontoava (e a unha continuava se mexendo, isso mesmo, mais rápido, Camila, cada som uma camada de minha pele, continue, abrindo-se rosada, vermelha, branca, isso mesmo, continue). Minha mão demorava semanas para ficar boa, mas ao menos era uma dor real: uma dor visível e minha. E quando a aspereza de uma casca se insinuava e a ferida ameaçava sarar, começávamos outra vez. Minha mão esquerda ainda guardava os traços dessa cicatriz e Paloma a acariciava sem se dar conta.

Tentei voltar ao jogo mas fiquei presa na memória da mancha sobre minha mão (um quartzo aberto, uma fuga). Paloma parecia entretida e, já um pouco bêbada, repetia trava-línguas. Três tristes tigres, o rato roeu a roupa do rei, erre com erre cigarro, mas seu castelhano não sabia subir até o lugar em que os erres nasciam: na ponta da língua. Felipe, de qualquer forma, não a corrigiu. Estava deitado de costas roendo as unhas, a ponto de enlouquecer trancado ali na escuridão, obrigando-me a cutucá-lo, arrastá-lo para mim, propor algum jogo que o incluísse. Como quando éramos crianças e ele sugeria, agachado no tapete de lã, que brincássemos de cabra-cega (outro animal, outro tipo de cegueira). É muito divertido, Ique, por favor, ponha o dedo nos meus olhos, toque minha esclerótica o maior tempo possível. Felipe insistia naquele jogo: que eu enfiasse o dedo na boca e tocasse depois, com esse mesmo dedo, a parte branca de seu olho. Porque a pálpebra era sua rival: devemos lutar contra a tela que quer nos prender, Ique, que quer nos calar pra sempre. Eu então chupava meu dedo indicador, obediente, e ordenava que se recostasse sobre minhas pernas, que apoiasse a cabeça em minhas coxas e abrisse aquele globo branco para mim. Isso, dizia ele já preparado, toque nele, Iquela, e eu aproximava a ponta do dedo de sua órbita escorregadia, acariciando temerosa aquela superfície úmida, para um lado, para o outro, até que a pálpebra não aguentava mais e tremia, inundando tudo com labirintos, teias de aranha vermelhas que se teciam por baixo de meu dedo: Ique, me toque mais, o outro olho, Iquela, o olho de dentro.

Felipe continuava calado e respirava com dificuldade, como se pudesse esquecer sua próxima respiração e fosse meu dever adverti-lo: outra vez, Felipe, inspire. Nossos jogos se esgotaram e, embora o silêncio me incomodasse, pensei que o mutismo de Felipe poderia ser útil: eu poderia perguntar a Paloma por Berlim, os nomes das árvores e dos parques, conversar sobre qualquer coisa sem suas eternas críticas. Comecei com um comentário sobre suas fotos e viagens; o diálogo sustentado por duas pessoas que não têm do que falar (de que falaríamos? Quais seriam nossas perguntas?). Mal me lembro o que ela respondeu. Com certeza repetiu nomes de cidades e comidas, uma longa lista que não evitou o frio que senti depois, quando se abriu entre nós uma pausa que eu não soube interromper.

E o seu pai?

Paloma salvou a situação. Na verdade, não tenho certeza se ela quis mesmo saber ou se achou educado perguntar, como quem troca cumprimentos, casacos e pais mortos. Mais por educação, por minha bebedeira galopante e pelo alívio que eu sentia em preencher esse silêncio, contei-lhe a versão curta e depois a longa, versão haicai, como Felipe dissera certa vez, tentando me defender das perguntas de minhas companheiras de colégio. Queriam uma história heroica ou sangrenta e Felipe era especialista naquilo. Diga que você não tem pai e pronto, Iquela, acabe com esse drama. Mas elas não me deixavam em paz. Por isso inventamos a versão haicai: morreu de câncer. Era inverno. Foi alguns meses depois da sua viagem ao Chile, disse a Paloma atropeladamente, como quem arranca o esparadrapo de uma ferida. Cabulei aula por várias semanas depois que o enterraram, contei-lhe. Foi ideia do Felipe. Ele me esperava a meio quarteirão da entrada da escola para que nos perdêssemos pelas ruas. Sua avó Elsa o deixara conosco aquele mês, mas ele se negava a assistir às aulas. Caminhávamos perseguindo vira-latas, banhando-nos nas fontes de água, deixando que o tempo passasse por nós. E só à noite, depois de horas, voltávamos esgotados para casa, temendo perguntas que jamais chegavam. Era pleno inverno e o frio de Santiago devia nos doer até os ossos, mas não me lembro de sentir nada; nem fome nem frio nem dor. Além do mais, meu pai já tinha morrido uma vez. Me fuzilaram em Chena, dizia com um tom altivo que só usava para essa frase (uma nova voz para essa oração: uma voz nascida para quatro palavras). Depois levantava a camisa até o pescoço e mostrava orgulhoso a cicatriz que cruzava seu peito e as costas, minha mãe contemplando-o da porta da sala de jantar (os olhos vidrados diante daquela estátua erigida no meio da casa). Com o tempo, aprendi a contar outras histórias. Inventava suicídios, acidentes sangrentos, mortes memoráveis só para ver a reação dos demais: ver a dor no rosto das pessoas para retê-la, copiá-la e, mais tarde, repeti-la.

Felipe não disse uma só palavra e Paloma se uniu a ele nesse pacto de mudos. Já havíamos falado de pais mortos, mães mortas, emergências climáticas, e eu ia para a sexta ou sétima unha roída quando lancei mão de um último recurso. Por que sua mãe nunca voltou do exílio, disse, arrependendo-me ao mesmo tempo em que Felipe soltava uma mescla de bocejo e gargalhada.

Minha própria voz me pareceu tosca (outro tom abrindo minha boca: isso mesmo, mais rápido, continue). Essa pergunta intrusa, que certamente levaria a uma resposta *chave*, era parte do livreto de minha mãe. Mas ela não podia me escutar, continuaria contemplando suas fotos em preto e branco, varrendo a morte do umbral a cada manhã (o telefone soando durante dias). Felipe soltou algo parecido com um grunhido e voltando-se para mim, exalando seu hálito de álcool em minha cara, disse pô, Iquela, por que você é tão chata, e acendeu a lâmpada no teto (olhos cegados pela raiva). Que diabos te importa por que a velha não voltou pro Chile, é assim que você quer animar a gringa?, disse cuspindo para mim essa frase, quebrando uma velha promessa que na verdade já havia sido quebrada. Indo embora, disse a mim mesma. Deixando-me sozinha com todas as coisas (com o peso de todas aquelas coisas).

Paloma se sentou, serviu-nos mais pisco e sugeriu que relaxássemos; também não era para tanto. Falou com calma, como se dois dias comigo tivessem bastado para perceber que eu jamais discutia com Felipe. Estendeu-nos os copos, parcimoniosa. Estava se divertindo. Pude ver em seu olhar a altivez de uma mediadora, aquela neutralidade insuportável. Vamos brindar, disse levantando seu copo e deixando-o altaneiro e solitário. Se diz *Prost* em alemão, quer dizer, *Prost*, não vale a pena brigar. Mas Paloma não sabia de que dor Felipe e eu falávamos, então continuei; a dor valia muito mais em sua presença.

Respondi rápido, sem pensar. Não me enche o saco, Felipe, especialmente você (sílabas queimando no quartzo aberto de minha mão). Disse que era patético vê-lo com seus caderninhos, que com certeza Paloma não estava exatamente encantada com suas digressões sobre mortos, que era melhor que fosse dar uma volta (uma longa caminhada de olhos fechados, nessa noite em que abri-los dava no mesmo). Felipe nem sequer respondeu. Abriu a porta traseira e saiu dando risada (gargalhadas metálicas em um teatro vazio).

Paloma mudou de assunto sem dar importância à briga ou já tomada pelo mais absoluto desinteresse, e começou a me contar a história de sua mãe da mesma maneira como havia comido as folhas de alcachofra: de forma metódica e mecânica. Quase não prestei atenção nela. O rancor repentino de Felipe, sua dor, minha raiva, minha mãe regando, as perguntas forçadas (por acaso tínhamos outras perguntas?, caíam cinzas em minha infância?) me fizeram sentir mais sozinha que nunca. Os dedos de Paloma percorriam um de meus braços, mas só percebi quando aquilo me incomodou, quando senti que seu tato me irritava.

Relaxe, disse ela.

Paloma se ajoelhou, aproximou seu rosto da janela traseira e, pegando minha mão, me convidou a me juntar a ela. Do outro lado havia uma esplanada escura e, mais adiante, afastando-se de nós, um minúsculo ponto vermelho ziguezagueava: a brasa do cigarro de Felipe fundindo-se com nosso rosto sobre o vidro. Paloma quis saber por que Felipe era assim (*assim*, disse, e as respostas me abandonaram). Assim como?, perguntei. Não importa, disse ela. Tinha razão, não importava. Não essa noite, não no longo parêntese que dessa vez não interrompi. Aproximei-me dela e apoiei minha mão em sua nuca (roçando o corpo em seus reversos: no interior das pálpebras, na córnea, nas dobras da pele). Mantive meus dedos quietos, nervosa, até que percebi sua pulsação batendo sob a pele coberta de gotículas de suor. Não mexi a mão e a procurei no reflexo da janela (e seus olhos tingiram o vale de azul; um céu outra vez azul que se nublou em um piscar de olhos). Paloma se virou para mim e aproximou seu rosto do meu, mas depois se afastou e tateou o chão à minha volta, apenas roçando minhas pernas até topar com um dos copos. Levou-o aos lábios, inclinou a cabeça e, quando tomou a última gota de pisco, estendeu a mão e apagou a luz.

Deitou de costas no chão e me convidou a deitar a seu lado. Sua voz me parecia doce embora distante, muito formal aquele deite-se ao meu lado, Iquela, vamos descansar, mas depois uma ordem de outro tom, mais caprichoso, afugentou minha desilusão: tire a roupa, disse (três palavras encharcadas de álcool). Não demorei em me mexer, não muito, mas no breve lapso entre sua ordem e minha reação, no par de segundos em que pensei que ouvira mal, que era impossível, em que esperei que ela me desse um sinal e tirasse minha roupa, fui atravessada por dezenas de outras ordens (aproxime-se, cale-se, lembre-se, sente-se, chore). Estendi-me de lado mantendo um espaço, apenas um fio entre nós, e aproximei meu rosto do seu. Você primeiro, ouvi-me então dizendo. Tire você a roupa.

4

Ela acha que eu sou idiota, as minas me enrolam porque eu sou um babaca de coração mole, essa gringa de olhos bonitos diz pule! e eu, como um tonto, me jogo e termino num carro fúnebre no meio das cinzas, era só o que me faltava, e ainda por cima com essa Iquela insolente, me chamando de chato, eu, eu, aí já é demais, eu que estou sacrificando um tempo valioso, tempo de cálculos, sim, porque os mortos estão se aproximando e tenho mais trabalho que nunca, subtrações impossíveis com tanta escuridão, subtrações necessárias, subtrações que é preciso encontrar, mas com as coisas tão negras é muito difícil, com sorte se vê a silhueta da montanha, a cordilheira que parece um corpo deitadinho de lado ao longo de todo o Chile, de norte a sul, isso é a cordilheira, a cabeçona lá em Arica e a bunda aqui, é por isso que Santiago fede a merda, mas o.k., você faz o melhor com aquilo que recebe, e pra mim sobrou a depressão intermediária, a fértil província prima até pela honestidade geográfica, então tudo que me resta a fazer é caminhar e planejar o resgate da morta, porque parece que eu sou o único que me preocupo, a gringa anda bem feliz e pimpona, e comigo que quis acompanhá-las me acontece isso, embora, pensando bem, essa viagem seja a mais patriótica que eu já fiz, o que poderia ser mais nobre que um encontro mãe-filha?, só um reencontro pai-filho, porque isto sim que é tradição: perder-

-se! Do tenente Bello em diante os reencontros tomaram ares de acontecimento histórico, por isso todo mundo se punha aos sábados diante da tevê, a minha vozinha Elsa era a primeira da fila, todo sábado tomava chá vendo o programa do *don* Francisco, e eu ficava lá espiando por várias horas, até que por volta das seis, depois do chacal do trompete e do concurso de talentos, começava a música triste, a melodia dramática que se tornava cada vez mais alta, e a voz do *don* Francisco ficava profunda, ele falava devagar, fazia uma cara de buldogue deprimido e dizia: senhoras e senhores, vou lhes contar uma história triste... a história de uma mãe que procurou seu filho durante quinze anos... e o *don* Francisco olhava direto pra câmera e aí aparecia uma senhora de saia florida e avental na cintura, o cabelo todo cacheado e um beicinho incipiente na boca, e com as mãos enfiadas no avental olhava pro *don* Francisco e pra câmera, sem saber o que fazer, onde pôr os olhos, e o *don* Francisco dizia conte--nos, senhora Juanita, diga-nos quando foi a última vez que viu seu filho Andrés, e a senhora Juanita, um pouco nervosa, relatava a sua história e a minha vovozinha Elsa a escutava chorando, e todo o Chile chorava também, porque aquele que disser que não via os reencontros com certeza está mentindo, e se eu termino indo buscar mortas alheias é porque me criaram vendo o *don* Francisco dizer à senhora Juanita: temos uma boa notícia, minha amiga, seu filho... seu filho... e tchã-rã, sem mais nem menos o filho Andrés aparecia nos estúdios do Canal 13, e as pessoas se emocionavam e a velha não aguentava mais e o seu choro se refletia na cara da minha vó que por sua vez chorava e chorava, e são essas coisas que me levam a ser um boboca sentimental, porque todos nós queremos ver os reencontros, sim, e as que mais querem se reencontrar são a Iquela e a gringa, que puta reencontro bom, mãos pra todo lado, compensando a dor com beijos, e é claro que a gringa de olhinhos azuis sabia exatamente o que estava fazendo, não é nem tonta nem lerda, assim dá gosto estar de luto, é uma pena que só se vejam as sombras do outro lado do vidro, porque eu conheço até a sombra da Iquela, e naquela época eu não era nada chato: estava na calçada tomando banho de mangueira com a Consuelo, embora, agora que estou pensando nisso, a Consuelo estivesse só regando as plantas e eu passava pela água – passar até que ela me dissesse alguma coisa, atravessar aquele jorro forte –, mas ela nunca me dizia nada, só uma frase quando eu chegava à sua casa vindo do Sul, apenas uma ordem enquanto arrumava a minha cama-ninho no quarto de hóspedes: você vai dormir aqui, e eu me jogava naquela cama que nunca mais foi desmontada, porque o hóspede era sempre eu, e eu deitava toda noite na minha cama-ninho imaginando que era um papagaio como o Evaristo, um louro verde descansando na sua casa, e ficava acordado até tarde e então escutava as vozes, a Consuelo brigando com o Rodolfo: até quando você vai trazê-lo, dizia ele, isso me faz lembrar de tudo, tudo, tudo, ele é idêntico ao pai, só falta o bigode, mas isso acontecia apenas algumas noites, outras vezes viam televisão até amanhecer ou também transavam, sim, uns berros bem altos da Consuelo e uns estertores do morto-vivo, a coisa é que naquele dia eu estava tomando banho de mangueira na calçada e a Ique chegou pra brincar comigo e começamos a fazer bagunça: ela tirou a mangueira da Consuelo e começou a me lançar jatos muito fortes, eu gostava, claro, porque doíam e eu achava que era um salgueiro-chorão, ela me regava e eu me agachava e a Iquela parava do meu lado e pedia que eu me ajoelhasse, e então ela ficava muito perto e jogava os cabelos na minha cabeça e as suas mechas caíam como uma cortina, e pra mim era lindo ter o cabelo comprido e eu imaginava que era todo meu e fechava os olhos pensando que nós dois formávamos um único salgueiro, e estávamos nisso, brincando de botânica, de chuva, de cabeleireiro, quando ela se afastou de mim, ficou muito triste e me disse: olha só o que aconteceu, Felipe, olha aqui, e levantou as mãos bem no alto e me mostrou uns pelinhos pretos no sovaco e depois me disse, olha, olha aqui embaixo, e baixou a calcinha e tinha pelinhos, eu os vi, e também abaixei os shorts e mostrei lá embaixo, e nós dois nos tocamos por um momento e a Consuelo nos espiava lá de dentro da casa, e na verdade não sei o que aconteceu depois, acho que a gente se cansou, mas naquela noite, quando me deitei, a Consuelo entrou no quarto de hóspedes e me disse: você está proibido de ir pra cama da Ique, moleque, como se eu quisesse dormir com ela, se nós dois tínhamos combinado que seríamos tataravós ou que ela seria o meu pai e eu a sua filha, mas namorados nunca, claro que não!, se a gente não teve nem vontade de continuar se tocando, porque não tínhamos nem aquela curiosidade fisiológica dos adolescentes, nascemos com a glândula da surpresa extirpada de nós, se nem as cinzas nos surpreendem... bom, só um pouquinho, a coisa é que eu conheço até a sombra da Ique, mas da gringa não, e essa gringa sabe o que está fazendo, porque agora é ela que está por cima sem saia nem sutiã, e ela tem os peitos brancos, estou imaginando isso embora não veja nada, porque o meu hálito embaçando o vidro é negro e eu só vejo as silhuetas, os contornos desses corpos que se encostam, uns gatinhos órfãos que se reconhecem e se lambem, e as suas peles são macias e maciozinho é mais delícia, sim, e quer coisa mais macia que as peles se roçando e a Ique enfiando os dedos na boca, os dedos úmidos tocando os peitos da gringa, baixando e agarrando os seus quadris, baixando e metendo dentro, sim, e se nota que a gringa gosta e eu também, porque me dá tesão, mesmo que a Iquela seja como minha irmã, minha tataravó, meu pai, me dá tesão porque são corpos animais, corpos que trocam calor porque estão sós, é nisso que eu penso e lembro do meu cachorrinho-irmão e dos salgueiros--chorões e da água açoitando as minhas costas, e penso no estertor do morto-vivo e no homem do rio e nas penas verdes na minha mesa e que maciozinho, sim, e então o calor sobe pelas minhas pernas, o fogo escala e aumenta, o calor insiste e eu o afasto e as cinzas caem e eu as afasto e as lembranças vêm e também as afasto e penso que eu poderia ir, poderia me afastar e ir embora, mas não, não vou, porque se fosse me perderia e já tenho bastante gente perdida, perder-me nunca, isso sim que não.

( )

Demorei para me levantar, mas a vibração do assoalho do carro me permitiu perceber meu corpo nu, os copos de plástico rodando de um lado para o outro do carro e um eco irritante em minha cabeça: Iquela. Os olhos abertos, o teto cinzento e dedos sendo estralados. Acorda, Iquela, saímos do Chile, dizia Paloma surgindo por trás de um vidro que minutos atrás não existia. Sentei me esquivando das barras de ferro, vesti a camiseta e me virei para a frente. O caminho era uma cicatriz cinza entre as montanhas. Felipe, em absoluto silêncio, acelerava o motor acima de suas forças. Apenas uma parte de seu rosto aparecia no espelho retrovisor: uma olheira profunda, uma só sobrancelha, a sombra de um bigode que desapareceu quando atravessamos as portas de um galpão.

A fronteira não foi mais que isso, um galpão amplo e sem luzes, embora bem pudesse ser outra coisa: um controle policial intransponível, uma cerca de arame farpado, as marcas de um polegar sobre um papel. Ou talvez fosse também uma parede altíssima (uma incalculável cordilheira) que nos impediria de cruzar de corpo inteiro, obrigando-nos a deixar partes de nós mesmos para trás: algumas palavras, por exemplo; as coisas cruas eram proibidas do outro lado.

Mas isso é só o que poderia ter sido, porque o certo é que a fronteira foi um armazém abandonado e não muito mais que isso. Felipe parou para que eu voltasse a me sentar entre os dois, em cima da almofada. Já parou de dar chilique?, perguntou, dá pra ver que vocês passaram bem a noite. Paloma fingiu que não tinha escutado e eu nem me dei ao trabalho de responder, perdida no caos do armazém (papéis acumulados sobre as mesas, trâmites sem conclusão em gavetas vazias, gestos interrompidos como o brinde de minha mãe e as palavras que também tínhamos deixado para trás). Porque a fronteira, afinal, foi um lugar para deixar para trás.

Alguns quilômetros mais à frente, quando as montanhas começavam a perder altura, Paloma se acomodou na ponta do banco e pôs a cabeça para fora da janela. Pediu a Felipe que parasse, mas ele acelerou ainda mais. Estou atrasado, loirinha, aguenta aí. Paloma insistiu. Olhava para o céu, surpresa ou assustada. Pegou minha mão para que eu me aproximasse dela e também visse o que estava acontecendo lá fora. Sentei-me ao seu lado, apropriando-me da metade do banco, e passei o corpo por cima dela para ver o que se passava. Pouco a pouco, de maneira quase imperceptível, as cinzas se desvaneciam diante de meus olhos. Uma miragem, uma grande mentira. O céu, antes escuro, se dividiu em dois e de seu interior, muito devagar, se insinuou primeiro o branco, o celeste e depois um azul profundo, seguido por um golpe de luz que transformaria esse dia e os seguintes: explodiu o amarelo das acácias, a terra avermelhada nos sopés da montanha, as copas de árvores verdíssimas e frondosas. Felipe se ajeitou no banco e pisou fundo no acelerador, fugindo do que nitidamente se revelava a nós: um sol redondo e claro, um sol terrível.

Paloma pegou sua câmera e tirou duas ou três fotos: dos cumes novamente brancos, de uma placa que já anunciava a chegada a Mendoza. Pediu a Felipe que dirigisse mais devagar, era perigoso dirigir assim e ela não conseguia enfocar nem uma mísera árvore, mas ele acelerou mais ainda. Você não estava com pressa?, disse, apertando a direção com todas as suas forças (os nós dos dedos vermelhos, rosados, brancos). Aquela fartura de imagens tão belas, tão plácidas, me permitiu entender o desespero de Felipe. Eu também não sabia como olhar para esse lugar.

Estacionamos o General na praça central de Mendoza e decidimos, sem discutir, apenas seguindo o fluxo dos carros e das pessoas, que também passearíamos um pouquinho. Como se outra versão de nós mesmos tivesse ficado presa na montanha, perambulamos por aquelas calçadas demasiado largas: loja de ferragens, farmácia, confeitaria, quitanda, loja de ferragens outra vez. Felipe perseguia, no calçamento, as poucas sombras que o sol nos proporcionava (o único mapa legível sobre o chão), enquanto Paloma, uns metros à frente, nos apressava indicando possíveis restaurantes e hotéis, enfiando os dedos no cabelo até limpá-lo dos últimos vestígios de pó.

Entramos em um restaurante depois de vagar por vários quarteirões e pedimos sanduíches e cervejas. Enquanto esperávamos, eu me distraí com a televisão, um antigo aparelho que pendia de um aramado preso ao teto. Transmitiam as notícias do Chile, mostrando o cruzamento das avenidas Providencia e Salvador.

Levantei-me para ir ao banheiro e passei por um corredor que separava dois ambientes. Ao final do corredor um fio enrolado, um aparelho brilhante de graxa e um guia telefônico desmembrado me atraíam como se fossem um tesouro. Parei indecisa entre o telefone e o banheiro, esperando que a sorte definisse se eu falaria ou entraria. O som da descarga fez com que eu escolhesse o telefone e pedi algumas moedas à garçonete, uma mulher mergulhada até os cotovelos de pratos sujos, mas suficientemente hábil para me indicar duas moedas abandonadas na caixa de gorjetas. Parei em frente ao telefone sem me atrever a espiar às minhas costas (a tela, as cinzas, os olhares), e imaginei, enquanto ouvia os toques da chamada, as ações que se desenrolavam na casa de minha mãe: (um toque) um sobressalto, (outro toque) uma dúvida, e depois os segundos que ela demoraria para levantar, para sair de seu quarto, para contemplar o telefone com temor, com desejo, como quem considera se deve se atirar no rio ou continuar passeando pela ponte. E depois imaginei que ela atendia e escutava com atenção, e que cada palavra que eu dizia, cada frase que atravessava o restaurante, as ruas, a cordilheira, ficava para sempre do outro lado, impronunciável para mim. Cada oração que entrasse na casa de minha mãe se extinguiria.

Imaginei o que lhe diria (outro toque), cada uma das frases das quais podia me desfazer (mais outro), mas não consegui pensar em nenhuma e, como não houve resposta, desliguei.

Voltei à mesa e, sem me dar conta, fiquei hipnotizada pela televisão, envolvida na inquietude oferecida pelas transmissões dos terremotos ou das chuvas torrenciais. Paloma e Felipe discutiam frenéticos, duas cervejas vazias na mesa. Quando me sentei, ela quis que elaborássemos um plano (*elaborar*, disse, imitando o castelhano dos desenhos animados). Vamos fazer isso rápido, acrescentou lançando-me um olhar cúmplice que eu não soube como devolver. Vamos encontrá-la e descansar por uns dias. Felipe deu uma mordida descomunal em seu sanduíche. Agora você está com pressa, gringa? Está tudo sob controle, disse, matando o resto de sua cerveja.

Paloma queria ir ao consulado do Chile. Agora mesmo, vamos pagar e vamos de uma vez. Durante a viagem, quase não tinha insistido. Como se o deslocamento permitisse outras ideias (pensamentos perdidos à deriva), Paloma tinha viajado tranquila e só quando paramos sua urgência reapareceu. Disse a ela que devia ser paciente, até parece que alguém vai interromper sua sesta porque você perdeu um caixão, comentei surpresa por minha irritação, querendo explicar-lhe que a viagem, para mim, não era nada mais que o percurso e agora eu não sabia o que fazer com tantas horas pela frente (sessenta segundos exatos a perder). Ela sorriu com um traço de ironia e não tardei a perceber que eu tinha perdido a discussão antes sequer de começá-la.

Um casarão caindo aos pedaços, a fachada suja e uma bandeira lisa hasteada pela metade (a estrela visível e invisível, o buraco branco perfurando um falso céu azul) coincidiram com minha ideia de um consulado de província. Um portão institucional, militar, verde-escuro, barrava a única via de acesso e, diante das portas, um guarda resistia às reclamações de dezenas de pessoas amontoadas diante dele. As comunicações com o Chile haviam sido cortadas e as pessoas aguardavam noite e dia para saber de seus parentes de Limache, seus primos de Los Andes, seus sobrinhos de Talagante e seus filhos de Maipú. Queriam descobrir o que acontecera com seus irmãos em Río Bueno, em Temuco, em San Bernardo. Que angústia, disse uma senhora brandindo um lenço de papel, por acaso você não tem coração, meu jovem? O guarda lhe indicou um cartaz pendurado à sua direita: "Aos familiares das pessoas afetadas pela situação no Chile (dizia assim mesmo: *a situação*), por favor regressar ao consulado em horário útil. Agradecemos pela compreensão, muito obrigado". Mas ninguém se mexia. Todos aqueles homens e mulheres esperavam impassíveis diante do casarão (e por um segundo achei que cairiam cinzas sobre ele). Ali estavam, outra vez, as pessoas que esperam: compartilhando um sanduíche, uma maçã, compartilhando seus longos lamentos. Pais cada vez mais fracos agitando seus punhos no ar, rodeados de um halo de resignação, talvez de cansaço. E as mães, majoritárias, mulheres estoicas desafiando o guarda com seus vozeirões graves, quase uivos, mães de lábios finos, mulheres de unhas roídas pondo-se lado a lado para aguardar juntas, amparando-se umas nos braços das outras, desesperadas, sacrificiais (e ao me afastar escutei o telefone rugindo em casa: Iquela, eu faço isso por você).

Convenci Paloma de que não podíamos fazer nada: não estávamos em horário comercial e nossa única opção seria voltar pela manhã (os trâmites normais, Paloma, os formulários). Falei decidida, embora na verdade só estivesse pensando no cartaz, nas ligações interrompidas, em minha mãe e sua inundação alagando a porta da casa. Imaginei-a discando sem parar meu número de celular para receber um invariável fora de serviço, e quis lhe telefonar outra vez, discar seu número e dizer Consuelo, sou eu, não vou te levar a Ingrid, não sei onde ela está, mamãe, me perdoe, não sei aonde buscar essas suas coisas de outra época. E depois pensei em dizer a Paloma que ficássemos uns dias em Mendoza, que perdêssemos noites, semanas, vidas completas, que nos esquecêssemos de tudo. De absolutamente tudo. Por outro lado, no entanto, desejei o contrário. Com a mesma intensidade, quis voltar (regressar, repatriar-me).

Durante o resto da tarde caminhamos pelas mesmas ruas. Paloma parecia resignada a esperar e Felipe andava ao lado dela para evitar ficar sozinho comigo, como se a discussão da noite anterior continuasse latente e bastasse um descuido para que se inflamasse outra vez. Eu, ao contrário, estava mergulhada em meus pensamentos. Não eram as cinzas que me pareciam fictícias, e sim sua ausência: as calçadas limpas, o céu azul, o maldito sol como uma crosta embutida no meio desse céu.

No finzinho da tarde, perto da Plaza del Castillo, decidimos experimentar a sorte em um hotel. Um edifício elegante em um passado não tão remoto, um esplendor do qual restavam dois vasos de mármore na entrada e escadarias cobertas por um tapete agora desbotado. Chamava-se Mendoza In (assim, com um N) e à primeira vista me pareceu quase vazio. A recepção consistia em um salão amplo e uma mulher sentada atrás do balcão, examinando as unhas. Tinha o cabelo curto, raspado de um lado, e as unhas roídas e pintadas de preto. Às suas costas se estendia um painel com vinte números, cada qual com sua chave pendurada em um gancho. Felipe e eu paramos à sua frente e esperamos (dezesseis chaveiros, um espelho trincado). Temos quartos triplos, de casal, duplos e simples, disse a mulher sem deixar de inspecionar suas unhas. Sua voz me soou familiar. Posso ajudá-los em algo?, insistiu e aquele tom lento e grave me levou para longe, para uma voz também grave de quem fumou muito e gritou demais. Levou-me à época de aparelho nos dentes e peito liso, a caminhonete branca diante de casa, entrar com a jardineira suja e manchas de suor nas axilas e encontrar a avó de Felipe sentada no sofá ao lado de minha mãe, dizendo, enquanto me olhava de cima a baixo, suas mãos muito enrugadas segurando uma xícara de chá: essa menina enorme é a Iquela?! (sua voz de pausas calculadas que não abrigavam, não acolhiam palavra alguma). Respondi que sim, claro que era eu. Ela acabou de me inspecionar e disse à minha mãe que eu ainda parecia um menino. E eu de pé, ruborizada mas sorrindo, esperando uma instrução, um gesto, que minha mãe me protegesse com uma frase cúmplice. Mas minha mãe, sem prestar atenção em mim, assentiu. Consuelo, com os dentes cerrados e as mãos em punho, disse que é claro que eu parecia uma menina, Elsa, todos eles ainda são uns pivetinhos. E Felipe um pouco afastado, esperando-me no quarto de hóspedes, sentado no tapete de lã para passar um tempinho conosco. Uns dois meses, disse sua avó Elsa daquela vez, mas foi Felipe quem falou: duas noites, muito obrigado, e pediu dois quartos, dando-me uma batidinha na cabeça. Deixe de pensar em bobagens, Iquela. Porque devo ter feito cara de esperta ou de inventário ou cara de não estar ou de estar pensando em bobagens, o que dava no mesmo.

Paloma quis saber o que tinha acontecido. Aproximou-se puxando sua maleta, preparada para subir ao quarto, e esperava atenta uma explicação ao sorriso zombeteiro de Felipe, que não duvidou em responder por mim. Não aconteceu nada, disse, só que a Iquela ficou presa no passado.

Só consegui sentir que minha pele reagia, a pele que envolvia meu rosto respondeu que o obcecado era ele e não eu, que fugir não servia de nada. Mas minhas palavras ficaram presas entre o peito e a garganta, transformadas em um novelo áspero, em um engasgo insuperável, como se a mulher das unhas pretas as tivesse enredado com seus olhos, os mesmos que agora nos observavam surpresos ou curiosos do outro lado do balcão, atentos enquanto Felipe elevava a voz a um tom mais agudo para me dizer: deve estar pensando na sua mamãe, sua mamãezinha, mamuchita, mãezinha, mamushka, mamãezita.

Foi sem querer então que brotaram as palavras cruas que eu devia ter abandonado do outro lado da fronteira. Sem intenção, nasceram desbocadas, sem filtro, escaparam de mim aos borbotões, manchando tudo. Nada mais me importou, ou pelo menos eu achava que não. Olha quem fala, disse a Felipe, moldando cada sílaba com minha raiva. Felipito, o cara supermaneiro, que leva tudo numa boa. E Felipe, com seus olhos negros, com os olhos cerrados como os de sua avó, os de minha mãe, como talvez fosse o olhar de seus próprios pais, perguntando-me: o que a filha pródiga quer dizer? E minhas frases descontroladas, escorregadias, espalhando-se como azeite, como graxa, como lava que queimava, que doía: quero dizer que você nem precisa abrir a boca, está escrito na sua cara. Foi isto que eu lhe disse: está escrito na sua cara, Felipe, e depois as demais palavras se recolheram arrependidas (unhas pretas galopando sobre o mármore, pétalas podres se desprendendo dos dedos). Paloma se aproximou preocupada, sem o ceticismo da noite anterior, tentando se interpor entre nós, nos separar com letras líquidas e frias, palavras seguras que só doeram mais fundo: está escrito o quê? Baixei os olhos. Nunca falávamos disso. Era um pacto de crianças, dele e meu sentados no tapete fingindo que brincávamos, fingindo que na verdade não as ouvíamos, que na sala não estava acontecendo nada, enquanto minha mãe e sua avó discutiam aos berros e nós as escutávamos sem querer, sem querer saber que minha mãe tinha de cuidar dele, como uma dívida: é o mínimo que você me deve, dissera sua avó Elsa, isso é culpa de vocês, Consuelo, isso aconteceu com o meu Felipe porque vocês andaram brincando de guerra, aqueles que continuam vivos devem ter feito alguma coisa, sim, alguma coisa vocês fizeram. E minha mãe lhe explicando que não tinha culpa alguma, você não entende, Elsa, foi terrível, foi um erro, e o erro não tinha sido sequer dela, o erro havia sido de meu pai (de Rodolfo, de Víctor, Víctor se equivocara), porque soltou duas palavras quando o levaram preso, duas palavras que, como uma tradução equivocada, um deslize da língua, alteraram tudo o que viria a seguir. Disse Felipe Arrabal, nome e sobrenome, duas palavras para apagar um corpo, mas isso Felipe não sabia e supostamente eu também não, e talvez nem sequer importasse ou ao menos era nisso que queríamos acreditar e prometíamos um ao outro não falar, jurávamos esquecer, não lembrar nada daquele passado que não havíamos vivido mas que recordávamos com detalhes tão nítidos que era impossível que fosse mentira. E ali estávamos ele e eu, minhas palavras me traíram e eu já não podia pegá-las de volta (nomes, sobrenomes, vogais afiadas que se cravam nos pés).

Está escrito o quê?, escutei outra vez.

Felipe se aproximou de Paloma e, deixando apenas um centímetro de distância entre seu nariz e o dela, lhe disse em tom de escárnio: que estamos todos mortos, gringa, mortinhos da silva, e pegou uma das chaves que descansava sobre o balcão e subiu as escadas correndo, de dois em dois degraus, de três em três, rindo alto, usando o riso para ocupar o lugar do choro, ou talvez não, talvez ele realmente estivesse rindo e era eu quem quisesse chorar.

(eu faço isso por você eu faço isso por você eu faço isso por você eu faço isso por você eu faço isso por você eu faço isso por você eu faço isso por você eu faço isso por você eu faço isso por você eu faço isso por você eu faço isso por você eu faço isso por você eu faço isso por você eu faço isso por você eu faço isso por você eu faço isso por você eu faço isso por você eu faço isso por você eu faço isso por você eu faço isso por você.)

3

Está escrito na minha cara... desde quando ela é tão cheia de opinião?, agora que estão íntimas andam insolentes essas duas, opinando como se lhes pagassem por letra, quando na verdade a única coisa que fazem é atrapalhar os meus cálculos, porque isso não é uma lua de mel, não senhor, estou trabalhando, conferindo se aqui há mortos pra subtraí--los, mas com esse ar tão claro eu me confundo, a minha mente se escurece com uma névoa turva, por isso ponho em alerta todos os olhos da minha cara, pra atravessar a neblina mental e ver se há algum morto perdido, porque podem estar em qualquer lugar, no pólen das hortênsias, nos espinhos dos cactos, nos cristais de sal no deserto, por isso saio pra caminhar por Mendoza, pra ver se consigo ventilar as ideias negras: está escrito na minha cara... quem se importa com isso se a única paralisada é ela, a Iquela é mais enterrada que um prego, eu, por outro lado, sempre em movimento, andando e observando tudo ao meu redor, porque o tempo é traiçoeiro como a Iquela, que teima em não se fazer notar, quando na verdade a fúria sai pelos seus olhos, sim, por isso eu lhe disse, quando era pequeno, que andasse com a vista pregada no chão, que desviasse o olhar do morto-vivo, que não escutasse tanto a sua mãezinha, que falasse com os vira-latas e com os estorninhos, porque eu aprendi a ler as mentiras nas córneas e não nas bocas, e é que os lábios são muito lisos e eu não gosto de coisas lisas, por isso treinei pra decifrar a raiva nas pupilas dos vira-latas e das vacas, as vaquinhas do Sul com os seus olhos cinzentos, porque não eram brancos e lisos aqueles olhos, não, eram umas escleróticas cor de chumbo e escorregadias, idênticas ao olho que me trouxeram na aula de biologia, um olho que cheirava mal mas com um olhar que, aí sim, já dava pra ver tudo: a coroide, a fóvea e o ponto cego, sim, um olho maravilhoso que o professor nos trouxe certa manhã, um pra cada um, falou pra Iquela e pra mim, pra Iquela que na época não era tão atrevida, estava mais sozinha que nunca, ela tinha só uma amiga no colégio, uma bem baixinha que enfiava a unha na mão dela, sua amiga rasgadora, e agora ela anda toda toda se achando muito importante; antes era diferente, por isso que eu me sentei com ela, porque eu tinha prometido e promessa é dívida e as dívidas têm que ser pagas, fiquei bem grudadinho nela na sala de aula, cada um esperando o seu próprio olho, mas quando por fim chegou o momento o professor disse que lamentava, sentia muito, mas não havia olhos suficientes, nunca há olhos suficientes, por isso tive que reparti-los, um olho pra cada dupla, anunciou o professor, e eu fiquei chateado mas depois engoli toda a raiva, porque lá estava, afinal, no meio da sala enorme, em cima da mesa de linóleo: inteiro e grande e lindo estava o olho me olhando fixo, e eu me aproximei assustado mas soube na mesma hora que era meu, esse olhar se dirigia a mim, porque parecia um hamster, uma ratazana, uma estrela apagada sobre a mesa, e a Iquela e eu nos sentamos juntinhos: ela, o olho e eu, e então o peguei como um coelho entre as mãos, levantei-o e o observei de perto, sem pestanejar, olho contra olho, e na sua pupila dilatada vi a metade de tudo que aquela vaca já tinha visto: vi manchas negras sobre peles brancas, vi o ferro avermelhado se aproximar implacavelmente, vi placenta e sangue e tecido mole sair das suas entranhas, vi leite espesso e amarelado e máquinas oxidadas chupando os seus úberes, e vi nata, nata e aventais brancos salpicados de vermelho, e também vi coisas lindas como o barro envolvendo os seus cascos e o orvalho cobrindo as suas orelhas, e as nuvens deslizavam sobre o seu lombo, acariciando-o, e também roçavam o meu lombo, acariciando-me, tudo isso vi dividido em dois enquanto segurava nos dedos o humor vítreo e o apertava enojado, porque tenho nojo de coisas lisas, sim, mas continuei olhando de qualquer forma, porque a vaca também tinha imaginado coisas lindas: sonhara com pastagens infinitas e moscas esfregando as patas sobre o seu pescoço, e tinha visto coisas tristes, coisas que lhe doíam como os pastos ressecados e os poços sem água, como as costelas marcadas ao longo do seu corpo, no final de tudo isso vi uma longa fila com outras vacas, rabo atrás de focinho, assim iam, ordenadinhas, e no fundo do corredor vi uma luz, o brilho fulgurante dos fios, as facas iluminadas pelos fogos alógenos, golpeando-se entre eles, badaladas agudas e terríveis, sim, ninguém notava em nenhuma dessas vacas a dor nos olhos redondos, não percebiam a dor nem o medo, por isso continuei olhando e aí apareceram as partes: os pedaços pendendo de ponta-cabeça, pernas, pescoços, patas esfoladas, os horríveis pedaços dela mesma, costelas, cascos, e continuei vendo apesar de tudo, apesar do nojo e do medo continuei observando o olho, porque a vaca e eu tínhamos visto coisas tão diferentes, foi nisso que pensei tocando a esclerótica e as suas constelações avermelhadas, as suas veias esqueléticas e a sua íris sulcada por cicatrizes, e então levantei os olhos e vi a Iquela como que hipnotizada, agarrando o bisturi e tirando com cuidado o cristalino, dizendo-me pra tocar o nervo óptico, pra ver como você se sente, dizia, e às escondidas tirava as luvas pra tocar o olho mole e cheirar os dedos, era isso que a Iquela fazia, eu a vi, cheirava os dedos e depois os chupava um a um enquanto eu olhava pra todos os lados e separava a córnea e a roubava, foi isso que eu fiz e ninguém me viu, e o professor nos deu nota quatro por sermos porcos, e à noite, quando a Consuelo e o morto-vivo dormiram, entrei no quarto da Iquela e lhe mostrei a córnea, Ique, olha só o que eu te trouxe, é nossa, pra você e pra mim, pra que a gente sempre veja a mesma coisa, mesmo que estejamos longe um do outro, metade pra mim e metade pra você, disse mostrando a ela como se fosse um tesouro na palma da minha mão, mas ela disse que não, nunquinha, que nojo, e não quis compartilhá-la, por isso a gente não vê a mesma coisa, porque a Iquela tem apenas um par de olhos castanho-escuros, uns olhos que só veem a sua mãezinha, mamãezinha, mamita, e me diz que o meu problema está escrito na cara, bah, eu sou o único que faz coisas úteis aqui, coisas imprescindíveis como encontrar mortos e subtraí-los, como a minha dor vai ser notada com tantos olhos, porque todo mundo sabe: a gente dói pelos olhos e eu tenho centenas, milhões de olhos, porque mesmo que a Iquela não quisesse compartilhar a córnea, eu não me importei e me tranquei sozinho no banheiro, peguei a córnea e a apoiei bem molinha na ponta da língua, foi isso que eu fiz, porque queria ver o que havia lá dentro, porque eu não sentia nada, não, e o que a gente sente tem que guardar dentro de nós, por isso botei a língua pra fora com a córnea e me olhei por um tempo no espelho, e da ponta da minha língua vi a metade do meu rosto e a metade de tudo que eu já tinha visto: eram os meus vira-latas órfãos e cada uma das minhas flores decapitadas, as pétalas, as sépalas e os estames no chão, eram as galinhas ressuscitando e centenas de ossos em buracos negros, eram os estorninhos, as *nalcas* e as infinitas subtrações, eram a minha vó Elsa e o *don* Francisco e a minha mãe morrendo de novo, e também o meu pai mas não inteiro, não, eram as suas partes, partes, partes, e eu não gostava das partes, por isso no fim a engoli, assim de repente, sem água, e a córnea desceu pela minha garganta e ela era salgada e via paisagens pelo caminho: via as paredes moles de mim mesmo, se balançava triste nas minhas curvas viscosas, navegava pelas minhas águas rosadas e via cocô e coágulos e músculos rompidos, e via também as ideias perdidas, ideias da noite encolhidas pra se esconder do dia, e depois veio o negro e tudo se diluiu, porque a córnea se pulverizou e se transformou em milhões de partículas flutuando pelo meu sangue, e cada partícula se encolheu nos meus poros e assim brotaram olhos na minha pele, por isso é que eu os vejo, porque tenho outro ponto de vista, em cada poro um minúsculo olho nascido dessa córnea, e com todos eles vejo mortos se houver, e aqui nesse lugarejo não há nenhum, não, aqui em Mendoza a única coisa que existe é ar, tanto ar que me afogo e me engasgo, tanto ar que o que eu quero é fumar, fumar um baseado e que a fumaça me esconda, exalar e desaparecer inteirinho, aspirar e assim não sentir o oxigênio, porque sem cinzas há muito ar, sim, há muito ar.

( )

Aconteceu pouco depois que enterramos meu pai, quando eu passava as tardes junto à janela, imperturbável, respondendo uma vez atrás da outra que me sentia perfeitamente bem. Felipe e eu frequentávamos o mesmo colégio naquele inverno e em um dos intervalos, poucos minutos antes de que desse o sinal para entrar na classe, ele ficou imóvel e mudo, o olhar pousado em uns garotos que jogavam a poucos metros de nós. Ele tinha uma ideia e a repetiu infinitas vezes: vamos colecionar coisas, Iquela, precisamos de uma ferida real, uma pequena ferida pra que a outra dor encontre descanso. Escolha qualquer uma, Ique, disse apontando um grupo de meninas que pulavam corda. Escolha uma e bata nela com força, insistiu apontando sua mão como uma pistola e indicando um garoto gordo e ruivo que estava no gol e não parava de suar. Quebre o nariz dela, Iquela, tire os olhos das suas órbitas, enterre alfinetes embaixo das suas unhas. Feche o punho, feche a mente e bata sem dó. E não se preocupe, disse sussurrando em meu ouvido, martelando cada sílaba desta frase: defender-se é um reflexo, e com certeza vão te bater com mais força. Eu lhe expliquei que não me interessava brigar, não sabia bater e além disso me sentia bem (nada, não sentia nada). Não consegui convencê-lo. Felipe me olhou como se me visse pela primeira e última vez, como um desconhecido, e não disse mais uma palavra. Tomou impulso e, fechando os olhos (fechando a boca, fechando-se inteiro), me empurrou com toda a força e eu caí no chão (o surpreendente chão sob minhas costas). Minha cabeça se chocou contra o cimento. Minhas mãos se esfolaram no asfalto. Ouvi o ruído seco das minhas costas contra o chão. Abri os olhos. Em um círculo, o rosto excitado de dezenas de crianças: o ruivo gargalhando, três adolescentes apontando para mim com seus dedos, dentes minúsculos, unhas sujas, gritos anunciando uma briga perto de mim, sobre mim, sobre meu corpo, porque Felipe se atirou em cima de mim e, olhando-me com aqueles olhos cegos, me bateu como ninguém nunca havia me batido. Puxou meu cabelo com toda a força. Seus joelhos se enterraram em meu estômago. Seu punho afundou no meio de meu peito. Apenas depois de alguns segundos é que meus reflexos despertaram. Fiz um esforço desesperado até me libertar, até conseguir que seus punhos se abrissem e seus joelhos cedessem, e quando por fim consegui me mexer, respirei fundo (terra, meleca, medo), respirei profundamente, virei-me e, usando todas as minhas forças (forças desconhecidas, perigosas), me arrastei para cima dele, segurei-o contra o chão e com os olhos abertos, sem pensar no que estava fazendo, mexendo-me como ele havia feito, rápida e vazia, bati nele como só se bate em alguém que a gente ama. Puxei seu cabelo e arranhei-lhe os braços. Enterrei minhas unhas em seu rosto. Meus joelhos no meio de suas pernas. Meus dentes em seus ombros. Bati nele até não sentir nada além de uma dor aguda e uma umidade pegajosa nas palmas das mãos, em todo o meu rosto quente e sujo. Ele não se mexeu em nenhum momento. O que ele me dissera não era verdade: defender-se não era um reflexo. Felipe permaneceu quieto e com os olhos abertos, deliciando-se, como se, ao receber minhas pancadas e cuspes, ele se sentisse menos sozinho. Balançado por minha raiva, coberto de terra e sangue, respirando muito devagar, Felipe sorria. Ninguém nos separou. Apenas o cansaço, depois de muito tempo, me obrigou a parar e eu caí a seu lado: a dor queimando os nós de minhas mãos e um arrebatamento de tristeza incontrolável. Nunca falamos dessa briga, mas algo foi selado naquele instante, na longa pausa na qual ele e eu recuperamos o fôlego deitados de costas, as outras crianças se afastando decepcionadas e os galhos de umas árvores avermelhadas se movimentando sobre nós. E ali, presos no carro, naquele carro que no momento era nossa casa sobre rodas, em um simulacro de busca que nos unia mais uma vez, uma última vez à espreita daquela morta, acelerando para fugir do céu terrivelmente azul e escutando o murmúrio distante das folhas, uma vertigem muito parecida tomou conta de mim.

Ao nos aproximarmos da zona de cargas e descargas do aeroporto, depois de uma manhã de silêncio ou de trégua fingida, vi um guarda que controlava o acesso à pista de aterrissagem. Vestia macacão alaranjado, gorro preto e usava fones de ouvido enormes que o protegiam do barulho das turbinas. Esperava ao lado de uma barreira de metal, que levantou para permitir a passagem de um caminhão de combustível e fechou quando nos viu chegar pela pista. Um cartaz advertia que não seria fácil persuadi-lo: ÁREA RESTRITA, SOMENTE PESSOAL AUTORIZADO. Felipe parou e Paloma me pediu que falasse com ele; ela estava muito nervosa e, bem ou mal, a ideia do aeroporto havia sido minha.

O homem me inspecionou de cima a baixo; um olhar que me obrigou a procurar algum sinal (uma palavra crua presa em minha boca) e não deixou espaço nem para um cumprimento. Com a maior naturalidade possível mesmo mantendo um sorriso forçado, perguntei onde ficava a carga dos voos cancelados (porque carga me pareceu melhor que dizer restos, cadáver, morta, Ingrid). Ele demorou muito para dizer algo. Continuei falando apenas para nos salvar do incômodo. Disse-lhe que a situação das cinzas demandava certa urgência e que a filha havia viajado nada menos que da Alemanha. Ele passou a mão pelo queixo e franziu o cenho. Que situação? (seu tom desafiando a explosão dos motores). As cinzas do Chile, respondi levantando a voz (uma voz inaudível). Como?, e tirou do bolso do macacão um maço de cigarros, deixando-se envolver por uma nuvem de fumaça que me pareceu uma brincadeira de mau gosto depois de cruzar a cordilheira. Insisti que havíamos viajado para isso, para resgatar os restos de uma mulher, de Ingrid, disse, e me surpreendi com minha vacilada, minha dúvida, um vazio que Paloma não tardou em corrigir. Ingrid Aguirre, declarou assomando o rosto à janela do carro.

Aguirre.

Até aquele momento, ela não tivera sobrenome. As histórias falavam de Rodolfo, Consuelo, Ingrid, Hans, ou daqueles outros nomes, aqueles duplos de nossos pais antes que fossem nossos pais: Víctor, Claudia, nomes sem raízes, sem descendência nem sobrenome. E isso lhes imprimia um ar fictício, uma certa leveza que permitia acreditar por um instante, por uma fração de segundo, que tudo havia sido uma grande mentira. Apenas personagens de novela podiam ter um nome próprio e nada mais que isso. Não podia existir um Víctor ou uma Claudia. Ingrid Aguirre, ao contrário, ela sim havia morrido.

O olhar do guarda me deu medo. Temi que ele não dissesse onde estava, que indicasse um caixão no meio da pista de aterrissagem (um féretro errando por hangares vazios). Tive medo de encontrá-la e ter de voltar ao Chile, avisar à minha mãe que estava levando sua amiga, sua companheira, sua Ingrid Aguirre. O homem estendeu um dos braços (e achei que seu dedo indicaria o lugar, o final). Os papéis, disse estendendo a mão para Paloma, que estava com metade do corpo inclinada sobre Felipe. Trouxeram o formulário? E eu me lembrei então do procedimento usual, os trâmites regulares, as normas para repatriar os restos mortais de um cadáver. Não tínhamos nenhum papel e sem papel não haveria morta. Foi isto que o homem disse: não posso lhes dar nenhuma informação, e fechou o punho e a cancela de acesso ao aeroporto.

Felipe fungou irritado. Era só o que me faltava, disse dando murros no volante. Paloma exclamou *Scheiße* e se enterrou na almofada. Eu me esforcei para dissimular meu alívio e sugeri que voltássemos o quanto antes à cidade. Não fazia sentido importunar o guarda, que a essa altura agitava a mão para que déssemos ré e desocupássemos a entrada de uma vez por todas.

Voltamos ao centro e caminhamos por Mendoza sem saber o que fazer. As pessoas passeavam com os carros, com os filhos, com os cachorros e os filhos ao mesmo tempo (sem cinzas nem mães mortas nem outras mães que não atendiam o telefone). Tudo parecia estranhamente normal, embora Felipe continuasse sem falar comigo e Paloma perambulasse cabisbaixa, recuperando prontamente sua qualidade de doente, em um duelo do qual entrava e saía entre a incredulidade e o desconsolo. Talvez a essa altura já tivesse se arrependido de ter vindo para o Chile em vez de ter enterrado Ingrid em Berlim, em um cemitério no qual seu sobrenome teria sido especial, onde seria fácil reconhecer sua lápide entre as outras. Ou talvez lamentasse não tê-la cremado e trazido consigo as cinzas no avião. Quem sabe. Cinzas com cinzas teria sido exagerado.

Só eu aproveitei a caminhada. Passaríamos pelo menos mais um dia em Mendoza (outra manhã sem telefones, sem dilúvios de cinzas, sem oito quarteirões e meio a percorrer), então cruzei animada de uma rua a outra, comentando com Paloma como as calçadas eram largas, tão amplas para uma cidade tão pequena, e os ônibus e as rolinhas e os álamos e as lojas. Impossível distraí-la. Nem mesmo quando tentei abraçá-la consegui muito mais que um sorriso duro que logo me desencorajou.

Atravessávamos a entrada do parque San Martín, uns portões de ferro monumentais, quando me aproximei de Paloma e, com um tom desanimado, fiz uma última tentativa. Disse-lhe que talvez sua mãe tivesse sido perdida, que talvez, apenas talvez, não fosse possível enterrá-la em Santiago, teríamos de esperar que o tempo melhorasse para continuar tentando. Paloma se afastou de mim e me deixou uns metros atrás (e contei três pombas abandonando um cipreste velho e retorcido). Apenas no final da tarde, depois de mais de uma hora vagando pelo parque, Felipe interrompeu a ridícula lei de gelo que o mantinha mudo desde a noite anterior e sugeriu que fôssemos a algum bar. Não quero ficar perdendo tempo, disse, e além disso o ar está estranho, vocês não acham?, sua mão espantando insetos imaginários. Há muito ar, respondi e ele assentiu. Muito ar, é isso, e se aproximou de uma mulher que fumava na saída do parque. Seus lábios pintados de um vermelho opaco, quase negro na repentina escuridão, lhe conferiam um aspecto sombrio, e sua boca parece que se desprendia do rosto cada vez que ela dava uma tragada (os lábios ficavam no filtro: mulher com boca, mulher sem boca). Felipe pediu um cigarro com um sorriso sedutor, mas de pouco lhe serviu. Ela se negou e nos indicou uma porta, dizendo que ali nos venderiam qualquer coisa de que precisássemos.

A porta de madeira nos levou a uma segunda porta, dessa vez de metal, uma porta de latão toda amassada, na altura dos pés, por causa dos chutes. Do outro lado, escondido, iluminado por uma luz tênue e expelindo o cheiro agridoce do chão encharcado de cerveja, apareceu uma espelunca onde parecia ser três da manhã.

O barman nos interrogou enquanto servia as doses. Pegou uma garrafa da prateleira que se mostrava semivazia às suas costas, e sem olhar para o copo, vertendo o uísque de memória, nos perguntou se por acaso éramos chilenas, o que estávamos fazendo, onde estavam nossos namorados, tão bonitas, que desperdício. Paloma se apressou em esclarecer que ela era alemã e não disse muito mais. Afastou-se em direção a uma mesa de sinuca e me indicou que a seguisse. Ali tomamos o primeiro uísque, enquanto resolvíamos se jogávamos uma partida ou contemplávamos Felipe, que já jogava meio corpo sobre o balcão e se envolvia em uma conversa com o barman. Falavam aos gritos, riam, o sujeito lhe trazia diversas garrafas que Felipe farejava desconfiado. Em dado momento se apertaram as mãos e o homem lhe entregou um maço de cigarros e uma garrafa de pinga. Felipe se serviu um copo, encheu-o de novo duas vezes e caminhou até Paloma, oferecendo-lhe a garrafa diretamente na boca. Te dedico essa música, disse tirando-lhe a câmera fotográfica que eu não tinha visto pendurada em seu pescoço.

Reconheci a batida da música. *Cerca, muy cerca*, e notei que uma mulher nos observava do balcão. Lembrei-me de suas unhas pretas, que agora galopavam sobre a bancada. *Quiero el fin del secreto*. Cumprimentei-a sorrindo. Ela estava olhando através de mim, algo às minhas costas: Felipe, pálido e sério, exagerando uma bebedeira, cantava, ou melhor gritava a letra da música, brincando com o zoom da câmera. *Mi acero inolvidable*, dizia ele sobrepondo-se à voz do vocalista. Aproximou-se de mim e falou gritando, como se todas as vozes de sua cabeça tivessem se alvoroçado e ele tentasse impor a sua, sem sucesso. *Somos adictos*. Não me lembro do que ele disse. *A estos juegos de artificio*. Apenas suas mãos segurando meu rosto, levando-o para perto do seu, puxando-me para ele, e a música altíssima, abafando suas palavras embora sua boca se movesse diante de mim.

Supus que estava falando de nossa briga, mas já não importava. Dá na mesma, Felipe, gritei soltando-me de suas mãos frias e tomando vários tragos de pinga. Não tem importância, repeti, e vi que a mulher das unhas pretas se aproximava de nós, abordando Felipe com seu corpo, roçando-lhe e depois tomando a mão de Paloma para dizer algo em seu ouvido. Paloma dançava de olhos fechados no meio do bar, os braços levantados, o quadril oscilando. *Lo que seduce nunca suele estar.* Aproximei-me dela aparentando mais entusiasmo do que tinha de fato, tentava me contagiar com seus passos, mas foi impossível. Ela dançava fora de tempo, não ao compasso da música mas seguindo um ritmo secreto, interior. *Nunca suele estar... donde se piensa.* A mulher se afastou para o balcão e eu senti a mão de Paloma segurando meu pulso, vi-a puxar o braço de Felipe, arrastar-nos para ela. Saímos do salão e cruzamos um corredor. *Luz, cámera y acción.* Paloma trancou a porta às nossas costas e acendeu uma luz muito branca; uma luz de interrogatório.

A música se afastou de nós e nos vimos fechados em um banheiro minúsculo, um cheiro denso e corporal. O lixo transbordando, o porta-papéis coberto de grafites, restos de merda em uma privada sem tampa e uma goteira enlouquecedora na pia. Paloma disse que tinha uma surpresa para nós (uma surpresinha, disse, diminuindo seu segredo) e abriu a mochila muito devagar, um brilho malicioso nos olhos. Tirou de lá um objeto redondo e acolchoado: uma bola azul-marinho, um novelo de meias grossas. Felipe e eu nos entreolhamos. Paloma saboreava a atenção, um sorriso amplo lhe atravessava o rosto, revelando dentes minúsculos que me pareceram gastos e o piercing prateado no meio da língua. Pegou com delicadeza o novelo azul, e ali, entre nós, abriu-o solenemente, como na multiplicação dos pães, até que do centro brotou um objeto prateado, uma garrafinha muito pequenina: a miniatura de uma garrafa. *Lo que seduce nunca suele estar donde se piensa.* Felipe a arrancou de suas mãos. Que é isso?, o conteúdo da garrafa se movendo em círculos, formando um redemoinho idêntico a um enorme tornado. Um remédio da minha mãe, disse ela, mas eu escutei outra coisa, não ouvi remédio, ouvi veneno, um veneno de sua mãe, e a garrafa permaneceu na mão de Felipe (o líquido girando em uma espiral enlouquecida).

Felipe perguntou que remédio era, o que ele fazia, tentando decifrar o alemão do rótulo, onde havia um círculo vermelho tarjado como sinal de perigo. Paloma não respondeu. Olhou para mim com desdém, revirando os olhos como fizera tantos anos atrás, e tirou a garrafa de Felipe. Levantou-a, brindou no ar e, sem mexer um músculo do rosto, tomou mais de um terço do líquido. *Prost,* disse ao terminar. Um remédio de sua mãe. Um veneno que havia trazido para o funeral querendo se desfazer de tudo, não deixar nem traço de sua mãe; ou não, talvez o tenha roubado antes que Ingrid morresse, para comemorar, para se curar com ela. Felipe arrancou-lhe a garrafinha das mãos, fechou os olhos, tomou dois goles e passou-a para mim. A garrafa continuava morna e o líquido ainda girava em sua base. Aproximei-a da ponta de meu nariz, um cheiro inócuo, cheiro de nada, cheiro de Santiago, e sem pensar engoli o que restava, os restos, isto foi o que eu tomei: restos muito doces que encobriam um ranço de amargura, uma aspereza que rachou minha boca e fechou meus olhos com violência.

Nada nos primeiros segundos. Um estado de equilíbrio entre as coisas. Perguntei a Paloma de que tipo de câncer sua mãe morrera. Você já vai ver, disse ela, mas agora era outra pessoa que falava (uma voz embrulhada em lã). Esperem um minuto e vão saber que tipo de câncer. Passou-se um segundo, e mais outro. Li os rabiscos nas paredes. *Pequi, te amo. O que você tá olhando? Cai fora daqui.* Queria verificar a enfermidade para me antecipar a seu antídoto: o que se tomava para curar as células confusas, desordenadas. Queria saber do que Paloma queria nos curar. *Cai fora daqui.* O que se bebia para contra-atacar cada uma das células invasoras. *O que você tá olhando?* Então, de repente algo aconteceu com as paredes, com o cheiro, com a intensidade da luz.

A ponta de meus dedos. A mesma sensação daquelas manhãs em que certas partes de mim não queriam despertar. A ponta dos dedos intumescida, minhas mãos, meus pulsos, uma ligeira náusea. Os braços, depois meu pescoço, o peito. Meu corpo foi se dobrando, descolando-se de mim mesma, ou talvez tenha sido eu quem o abandonou para flutuar uns centímetros acima. Delicioso, hein? Uma corrente morna me aquecendo, me diluindo. Você realmente se superou, gringa. O sangue mais lento e espesso, as cores brilhantes. Olha só as cores, gringa. Deve ter tido câncer de tudo (câncer de pálpebras, de tímpanos, de unhas). Disse a Paloma que não sentia nada, mas quando falei, escutei outra voz se desprendendo de mim. Paloma continuava quieta, suas sardas azuis, seus olhos amarelos dizendo frases incompreensíveis, letras penduradas nas paredes, suspensas pelos fios de um idioma que não escutei, não pude, não consegui entender. Tampouco consegui ler o que as paredes gritavam. Tudo confuso, as paredes me espreitavam e eu não era nada mais que um vapor. Não podia enumerar objetos. Minhas ideias escapuliam. Não sentir nada: o antídoto para essa doença. Felipe tentou apagar a luz, mas Paloma o impediu. Achei que estava dizendo para vermos o fogo, mas não tinha certeza. Ela se aproximou de mim, pegou minha mão, levou-a para perto de seu rosto e enfiou dois de meus dedos na boca. Eu devia sentir sua língua macia, o metal escorregadio daquele prego enterrado, mas o que senti foi o contrário: seus dedos dentro de minha boca, aquele parafuso atravessando-me a língua, minha língua. Ela se movia em câmara lenta tocando, com seus dedos, braços e mãos que já não me pertenciam, olhando-me com uma expressão neutra, as sardas perfurando sua testa. Felipe murmurava frases incompreensíveis, que delícia a água, a água seca, disse e depois deixou de falar, aproximou-se de mim, me pegou pela nuca e me deu um beijo. Acho que senti seu bigode me arranhar, a tensão de seus lábios contra os meus ou talvez fosse outra coisa. Talvez ele tenha beijado Paloma e esse beijo chegou a mim, ou as luzes rodopiando e me assolando (remoinhos de luzes que me acenderam, me incendiaram) é que me beijaram. Olhe pra mim, disse Felipe então, e eu levantei os olhos e vi seus braços e mãos tremendo, quase se desfazendo em milhões de lascas. Olhe pra mim, repetiu enlouquecido, agitado. Também não se dirigia a Paloma. Olhe pra mim, ordenou fora de si, e vi que ele falava com o espelho: olhe pra mim, merda, está escrito na minha cara?

Paloma se aproximou como se a ordem tivesse sido dada a ela, deu alguns passou e ficou observando, mas ao fazê-lo não usou seus olhos; apontou e apertou o botão da câmera, o único objeto sólido do banheiro, soltando o mesmo lamento sem parar. Tac. Tac. Tac. Três segundos perdidos. Tac. Tac. Tac. E Felipe dando a si mesmo esta ordem desesperada: olhe pra mim. Fui flutuando até seu reflexo e o que apareceu então foi seu rosto: seus olhos não totalmente delineados, suas sobrancelhas arqueadas e negras, sua pele escura e descascada em volta do nariz, aquele nariz aquilino muito grande, suas pupilas dilatadas, escondidas dentro de olhos amendoados e vítreos, e sua pele muito macia, suave, sem barba nem bigode. Foi isso que eu vi. Nem sinal desse novo bigode em seu rosto. Porque não era seu rosto de adulto que eu observava do espelho. Seu rosto mais rosado e redondo, seu rosto de menino, foi isso que eu vi e tive medo, distingui o medo embora não o tenha sentido dentro de mim, mas o deixei de lado e avancei, aproximei-me querendo ver a mim mesma, convencida de que me encontraria presa ali: meus cabelos secos e pretos, meus olhos sonolentos, eu achei que era isso que veria, meus olhos tristes me esquadrinhando do espelho. E apesar do medo, me aproximei. Avancei até que parei bem na frente do espelho. Parei ao lado de Felipe, e com o coração galopando no peito, com a boca ressecada e as mãos fechadas, abri os olhos (e meu impulso foi me enumerar, me inventariar, me inventar de novo).

Mas eu não estava ali.

Não havia ninguém devolvendo meu olhar.

2

Passar a língua por um suco delicioso e que na minha boca se torne água farpada, água de serras, de lixas, de lava, água ruim que me arranha como uma barba malfeita, uma boca pela qual a minha língua desliza, a minha língua que começa a sangrar enquanto eu ardo, me incendeio com o líquido que parece ser frio mas queima, não se percebe mas arde quando desce pela minha garganta, pela minha traqueia áspera como as luzes, os raios lascados que laceram os meus olhos, que me cravam alfinetes longos e pontudos, me perseguem quando saio do banheiro: vão embora, me deixem sozinho, e olho pra Iquela mas ela não me vê, não me vê porque os olhos dela foram parar lá no céu e de lá ela não pode enfiá-los nas órbitas, os olhos desorbitados sem alfinetes que os prendam e por isso flutuam e eu flutuo, levito com o líquido branco e subo em direção à luz, sim, a luz quadrada que brilha no bar, a luz que mostra as cinzas em Santiago, olha só a Plaza Italia, toda emporcalhada, e a lente está suja e o zoom entra e sai e entra de novo e fica preto, porque a tela se apaga e eu também me apago e então começa a música, uma melodia aguda como os ângulos e o uivo dos cachorros, aguda como a sirene da ambulância e as ideias do meio-dia, e o grande dia se aproxima porque o morto tinha trinta e um, sim, mas aqui não há mortos e eu tenho sede, esta é a única coisa que tenho: uma sede avermelhada, por isso quero mais do líquido amargo, essa aguinha que me cura, me dá mais, Palomita, onde você está?, deixa de ser chata, mas a gringa não está ali, a gringa que queria nos curar foi embora outra vez e não me deixou nem uma gota do antídoto, só a garrafinha pequena e redonda e vazia que tinha o remédio que se transformou em redemoinho, esses redemoinhos que eu adoro porque não terminam, e isso é porque eu detesto as coisas que terminam, eu gosto das histórias eternas, inesgotáveis, sim, como as seringueiras e os fícus e os redemoinhos do rio Mapocho, embora na verdade não haja redemoinhos no Mapocho, porque nem se distingue onde acaba a margem e começa a água porque ninguém quer levar esse rio a sério, ninguém exceto eu, que quero revolvê-lo até fazer um tornado que possa girar num torvelinho gigantesco, toda a água do Mapocho caindo numa cascata que eu giro e giro e tomo, zás, tomo o líquido com as corolas e os vira-latas de olhos tristes, os seus olhinhos de água escura que me esquadrinham e os seus cascos que me arranham o rosto: tchê, está tudo bem, chileninho?, e eu não sinto a pele nem os meus ossos de ossobuco, só as lascas e a boca rachada, tchê, pegue um copo d'água pro chileninho, olhe como ele está pálido, e a minha garganta e o meu esôfago e o meu estômago se desmancham e eu não sinto as minhas bolas nem as minhas coxas, e desaparecem também as minhas ideias negras e os meus cálculos, diga pro chileninho vir até o balcão, aqui, venha, venha e sente aqui, porque eu afundo na espiral de água agitada e me curo, sim, e os pensamentos se abrandam como chicletes cor-de-rosa, as minhas ideias se esticam e se moldam ao crânio que está formigando, tudo são formigas, seu cuzão, puta merda, tudo treme, o planeta vibra porque não sinto nada, nem o todo nem as partes, nem o verdadeiro nem o falso, não sinto nada e estou curado, sim, porque o remédio da gringa me curou e por isso as minhas pálpebras são cortinas e por dentro as minhas ideias negras se iluminam, e quero escondê-las porque no balcão há um homem, sim, e há formigas passeando pelas suas costeletas e também em cima dos lábios e essas formigas tão negras me metem medo, está tudo bem, chileninho?, e as formigas dançam e as vozes são lascas e as palavras se enterram nas minhas pupilas e as palavras brigam com as ideias negras e soltam faíscas e eu aperto os olhos com as mãos pra escondê-las e me esconder e então eles explodem, sim, os meus olhos explodem em centenas de milhares de céus, respire fundo, assim, respire, chileninho, mas eu não quero respirar, eu quero gritar, uivar alto, mas cadê a minha voz, não a encontro, ela se escondeu sob a sombra das minhas amígdalas, se mimetizou com as putas das ideias negras da noite, puta merda, o que está acontecendo, não consigo ver, estou curado, e a água no copo que me trazem é espessa e está seca e o homem me toca, toca o meu ombro que reaparece, respire, ele diz, e o meu ombro reaparece, sim, respire, assim, o meu ombro por fim existe e também os outros pedaços do meu corpo, e o ar é um serrote que me parte ao meio e me abre, iiisso, tome mais água, chileninho, e o sujeito olha pra mim e eu abro as cortinas das centenas de olhos que me revestem e o reconheço, já vi esse homem, sim, respiro fundo e a água agora é doce e está molhada e o homem sorri, está melhor, chileninho?, você estava com uma cara de morto, e os seus dentes são vaga-lumes apagados e tudo dentro de mim se apaga, parece que te deixaram sozinho, é verdade, me deixaram sozinho, mais sozinho que um grifo, porque a Iquela não está aqui e a gringa com sorte aterrissou em Santiago, como vocês se saíram com o encarguinho?, e o argentino me pergunta por um encargo e eu não sei, você sabe sim, não se faça de tonto, e os meus ombros se encolhem porque tenho ombros outra vez e o meu cenho se franze porque tenho uma testa e atrás da minha testa há algumas ideias e as ideias que eu penso são alaranjadas, ideias alaranjadas, laranja, laranja, o cara de macacão laranja do aeroporto, sim, eu o vejo e sei que é ele, é o guarda diante de mim, a escolta atrás da barreira, sim, e as formigas negras se alvoroçam porque as reconheço, vejo-as sob esse nariz em forma de gancho, identifico-as e elas não me dão medo, e ele me pergunta se eu encontrei o que estava procurando no aeroporto e agora sei que está se referindo à morta, à foragida, essa teimosa, outra rodada?, e o líquido é dourado e a morta não está lá, a finada não está lá e é preciso subtraí-la, escuto, e sei que sou eu quem fala, é a minha voz que parou de brincar de esconde-esconde, se rebela contra o líquido que me cura, volta pra dizer subtrair, subtraí-la, repito, o cara fala rápido mas eu não o escuto, porque me diz coisas com as pestanas e as narinas, me diz coisas do seu macacão laranja, da sua pele e dos ossos vermelhos, está falando comigo porque as formigas se agitam sobre os seus lábios e me dizem sim, chileninho, vá e procure, porque a gente tem que enterrar as pessoas no lugar certo, diz, e o copo dourado se enche de formigas negras, e aqui a gente já tem mortos suficientes, diz, a gente tem mui-tos, mas não sei se diz isso ou não diz nada, se me fala pra buscá-la amanhã, que vá cedo ao hangar número 7, chileninho, você vai se lembrar?, e eu repito sete, sete, sete, o hangar sete, sim, mas falo em silêncio porque mais uma vez a minha voz se foi, se escondeu e se aninhou entre as centenas de olhos da minha pele e os milhões de ideias negras, a minha voz se oculta dentro dos meus ossos e eu sinto um frio terrível, sinto que me sobe um rio duro pelas pernas, uma onda de cimento cresce pelos meus calcanhares, um maremoto que paralisa as minhas panturrilhas e os joelhos e as coxas e as bolas, e o cimento sobe pelo meu estômago e me congela o peito e endurece o meu pescoço e me faz apertar os dentes pra não vomitar, você está se sentindo bem, chileninho?, vomitar, sim, vomitar até que não reste nada, até que não restem mortos de trinta, trinta, trinta, até que não reste uísque nem vinho nem água, que não restem antídotos nem líquidos brancos, nem tampouco saliva nem bílis nem sangue, que não restem corpos nem cinzas nem bares onde flutuam serrotes afiados, vomitar e me esvaziar de dias vermelhos como o vômito, vermelho como teria que ser a lava, a lava que não está ali porque não existe, porque não sabemos de onde vem, de onde brota esse líquido amargo e quente que sobe, trepa e se choca com as paredes lisas e brancas do banheiro, e como caralhos cheguei ao banheiro e onde caralhos estou, puta merda, quero dormir e despertar sem mortos sem rios sem olhos sem vozes sem.

( )

Quando acordei, não soube onde estava: em que cama de que quarto de que hotel de que cidade. Paloma dormia descoberta ao meu lado, as pernas atravessadas na diagonal, empurrando-me para a ponta do colchão. Tinha os lábios entreabertos e suas pálpebras tremiam, como se uma luz muito clara a houvesse iluminado em seu sonho. Contemplei-a por vários minutos, reprimindo a vontade de perguntar pelo banheiro do bar. Lembrava-me só de alguns flashes de nossa volta, talvez cambaleando por uma rua vazia, então resolvi acordá-la. Aproximei a mão de seu ombro e o toquei (e sua pele finíssima, quase impalpável, me surpreendeu). Ela não se moveu, então a toquei de novo, sacudindo-a um pouco. Foi só então que notei o que havia acontecido com minhas mãos. Continuavam anestesiadas, perdidas em algum canto escuro do bar (partes se apagando, desvanecendo-se aos poucos).

Felipe, aos pés da cama, nos observava com uma expressão séria. Não se deu conta de que eu estava acordada (e pude espiar seu rosto solitário, triste, adulto), mas logo em seguida nossos olhares se encontraram. Safadinha!, gritou, piscando um olho e apontando para Paloma, que se sentou imediatamente na beira da cama, sobressaltada por aquele grito desmedido. Felipe começou a bater palmas e a distribuir instruções de como enfrentar o dia. Vamos lá, garotas, vamos levantar, ordenou entre as palmas, enquanto ao meu redor tudo voltava ao lugar: os lençóis, os quadros, as costas de Paloma se ajeitando, levantando-se, indo para o banheiro. Eu também voltei aos limites de meu corpo, embora tenha me parecido estreito; uma roupa muito justa apertando minhas costas. Esfreguei os olhos para me desfazer da letargia e só então, já desperta, fui atingida por uma sensação nova. Eu me sentia surpreendentemente bem. Estava ótima e longe dali.

Felipe percorreu o quarto de um lado ao outro, apressando-nos para que pegássemos a estrada antes que ficasse tarde. Bateu na porta do banheiro duas vezes e quando conseguiu que Paloma saísse, mal-humorada e ainda um pouco adormecida, os braços levantados por cima da cabeça e o cabelo todo emaranhado, anunciou que tinha uma surpresa para ela. Mas primeiro vamos fazer um trato, gringa, você me dá mais um pouco do remédio da tua velha e eu te conto a minha sur-pre-si-nha. Paloma nem olhou para ele. Vestiu-se com a roupa do dia anterior e se sentou na cama, abatida. Explicou a Felipe que tinha mais um frasco, só um frasquinho que preferia guardar para a noite, quando encontrássemos sua mãe e voltássemos a Santiago para enterrá-la. Disse que era difícil conseguir esse tipo de coisa e que ele não ultrapassasse os limites. Felipe não insistiu, mas quando Paloma voltou para o banheiro ele abriu a maleta e começou a fuçar entre suas meias. Depois de descartar várias delas, encontrou um par que sacudiu triunfante perto do ouvido. Para o frio, disse me dando uma piscadela, e o escondeu em um de seus bolsos.

Descemos para a recepção depois do meio-dia. A mulher das unhas pretas interrompeu seja lá o que estivesse fazendo para desejar boa sorte a Felipe, que continuou andando até a saída. Suponho que é hoje que vão voltar pro Chile, né?, perguntou me entregando o recibo do hotel. Lembrei dela no bar falando com Felipe, dançando com ele, sussurrando no ouvido de Paloma, e lhe respondi um pouco irritada que ainda não sabíamos, com certeza ainda ficaríamos mais uma ou duas noites, não tínhamos pressa. Ela me entregou o recibo e pediu que pagássemos antes de sair. Não é hoje o funeral?, disse acenando em direção às portas. Felipe tinha parado e dali, desnorteado (o peito para a frente, resignado), murmurava que eu me aproximasse, Iquela, vem até aqui, rápido.

Avancei até as portas e parei junto dele (e temi por um segundo ver cinzas no chão). Mas não havia cinzas dessa vez: coroas de cravos brancos, margaridas espalhadas e ramos de ameixeira cobriam o teto e a calçada ao redor do General (as flores como um augúrio, um amuleto). Paloma abriu passagem entre nós e se aproximou do carro, olhando com receio pelo vidro traseiro, como se uma impostora dormisse no compartimento de trás. Felipe a seguiu e ambos rodearam o carro; dois animaizinhos desconfiados revistando os vidros, as portas, buscando pistas. Quem trouxe tudo isso?, perguntou ele. Paloma deu de ombros e ficou na ponta dos pés para pegar uma coroa de rosas em cima do capô. Estendeu os braços, agarrou-a e lançou-a com violência na calçada. A esse ramo, seguiram-se várias hortênsias e um punhado de copos-de-leite. Com movimentos bruscos, Paloma foi limpando o carro, enquanto Felipe e eu a observávamos um pouco afastados, sem saber o que fazer a não ser ficar olhando para seu rosto cada vez mais vermelho pelos ciúmes. Porque eram ciúmes que ela sentia; nem raiva nem desolação nem dor. Uma só frase a delatou quando pegamos a estrada. Paloma fechou a porta com estrondo e suas palavras ficaram repicando no interior do carro. Este funeral é meu, disse, e se manteve calada durante o resto do caminho.

O motor gemeu com o acelerador e o cheiro enjoativo das flores se desvaneceu depois de poucos metros. Paloma se concentrou desfolhando uma margarida que conseguira colar-se em seu banco e não levantou os olhos das pétalas até que pegamos a rodovia. Felipe dirigia murmurando instruções, ordens que debatia consigo mesmo até chegar a alguma conclusão íntima que se traduzia em um longo silêncio. Esquecia de acelerar nos semáforos e então ficávamos parados; o carro fúnebre paralisado diante de uma luz verde. Em nenhum momento o apressei e nem sequer perguntei aonde íamos. Uma placa me indicou a distância até o aeroporto e depois de um instante me deixei levar pelo zumbido distante das turbinas. Afinal, não era minha mãe quem se perdera e a decepção também não era minha. Minha mãe com certeza estava bem. Sempre, à sua maneira, estivera bem; tinha aprendido a sobreviver. E minha decepção certamente estava bem. As duas estavam longe dali.

Aproximamo-nos da guarita de vigilância onde tínhamos fracassado na tarde anterior e não demorou a surgir o mesmo guarda de macacão alaranjado, que logo fechou a cancela. Paloma soltou um suspiro e culpou Felipe por fazê-la perder tempo em vez de seguir os trâmites estabelecidos (os processos, os cursos normais, os canais regulares). Felipe a ignorou e diminuiu a velocidade até parar ao lado da guarita. Tudo aconteceu muito rápido. O guarda apareceu atrás do vidro, estudou nosso rosto, assentiu satisfeito e, levantando a mão em uma continência, saudando o General como um soldado, levantou a cancela e nos indicou que dobrássemos à direita.

Quase sem preâmbulos, como se passa da vigília ao sono, nos encontramos no meio da pista do aeroporto, uma imensa plataforma de cimento vigiada ao longe, de um dos lados, por uma altíssima torre de controle. As dimensões do lugar e o ruído ensurdecedor das turbinas me surpreenderam, e pedi a Paloma que fechasse o vidro. Avançamos por um caminho estreito, paralelo à pista de aterrissagem, e nos dirigimos aos limites da pista, onde o asfalto dava lugar a uma planície ressecada. Ali, nas margens do cimento, seguindo uma ordem similar à das celas, duas longas filas de hangares se desdobraram diante de nós, depósitos que armazenavam aviões, combustível, talvez peças de reposição. Cada hangar era identificado por um número: à nossa direita os pares e à frente os ímpares, para onde Felipe se dirigiu ao mesmo tempo que murmurava como um mantra: sete, sete, um número sibilado que só se interrompeu quando estacionamos.

Felipe pulou para fora do carro e Paloma e eu o seguimos; ela, resignada ou incrédula; eu, francamente desconfiada. Ele seguiu no ritmo desse murmúrio exasperante e Paloma acelerou o passo até alcançá-lo. Só então, ombro a ombro, começou o interrogatório. Paloma quis saber por que esse hangar e não os outros, como ele sabia, por que o aeroporto e não o consulado. Notei a exasperação em seu tom e suas bochechas avermelhadas. A determinação de Felipe a irritava, assim como não ter ideia de para onde se dirigir. Estava furiosa por ter sido excluída da busca. Afinal, o funeral era seu. Eu, ao contrário, nem sequer quis descobrir o que fazíamos ali. Para mim, sua mãe podia estar em qualquer um dos depósitos ou aparecer um dia no cemitério de Santiago, sobrevoando a cordilheira dos Andes ou em seu apartamento de Berlim. Ou podia continuar na assembleia, com sua blusa branca (ou creme ou amarela), presa na fotografia pendurada na sala de jantar da casa de minha mãe.

Felipe não respondeu às suas perguntas e seguiu adiante, encabeçando resoluto a estranha caravana: um desfile de enlutados liderado por ele, com Paloma fungando no meio e comigo no final, disposta a perder o dia inteiro (contemplando a distante cordilheira e calculando as palavras cruas que eu havia deixado para trás).

As portas do hangar número 7 estavam fechadas com uma corrente e um cadeado enorme. Fiz minha última tentativa, dessa vez mais desesperada. Paramos diante da fechadura e eu lhes disse que não tinha sentido procurar ali, que fizéssemos outra coisa, que aproveitássemos a viagem. Acho que eles nem me escutaram. Felipe segurou a corrente metálica com ambas as mãos, deu-lhe um puxão e o cadeado se desmanchou sem a mínima resistência. Os portões se entreabriram e nós três ficamos petrificados diante daquilo que as portas ofereciam.

Não havia vivalma lá dentro e alguns sinais de abandono sugeriam que ninguém pisava naquele lugar há muito tempo. O ar estava frio e, apesar de o local ter estado totalmente fechado, me pareceu agradável, quase fresco, embora logo em seguida tenha sentido uma lufada de ar azedo, um toque ácido que se enredou no céu de minha boca (os tubos, as seringas, as gazes). Nem Felipe nem Paloma comentaram nada. Ela entrou decidida mas depois ficou imóvel, como se tivesse se esquecido da razão de estarmos ali. Felipe, ao contrário, enfiou as mãos nos bolsos, se aprumou e começou a passear com uma calma perturbadora.

Não tardei a me acostumar à escuridão. Alguns raios de sol se insinuavam pela porta, mas as dimensões do hangar permitiam que a luz se derramasse em uma penumbra mais ou menos permeável. Fiquei surpresa com a altura do teto, construído para albergar coisas gigantescas, não as centenas de objetos comuns e correntes que pareciam intrusos condenados a desaparecer (o abandono encolhendo-os sem dó nem piedade). À minha esquerda vi vários carrinhos cheios de maletas, bolsas e mochilas; montanhas de bagagens cobertas por uma fina camada de pó (maletas antigas e novas, duras e macias, bolsas amontoando-se em listagens breves, tranquilizadoras). Em cada carrinho havia uma etiqueta com o nome da linha aérea, o número do voo cancelado, sua origem e uma data. Nenhum desses aviões tinha podido aterrissar no Chile. Nem sequer essa tragédia (sua catástrofe, seu funeral, repeti a mim mesma), nem sequer isso nos pertencia.

Paloma começou a ler em voz alta as etiquetas dos carrinhos, mas não continuou por muito tempo. Felipe deu uma palmadinha em seu ombro, quase uma carícia. Com certeza aqui você não vai encontrar a sua mãe, disse, a menos que você tenha a enfiado em uma maleta. Paloma se desfez do toque com violência e disse que só queria encontrar a bagagem do voo de sua mãe, saber se as outras maletas estavam ali. Ela até parecia menor, uma menina nessa busca. Ele, por sua vez, percorria o lugar todo confiante, como se por fim tivesse encontrado sua verdadeira casa.

No fundo, apoiados contra a parede, uma dezena de contêineres formavam um muro de metal. Aproximei-me convencida de que o caixão estaria ali, mas ao abrir uma das portas não vi nada além de caixas, sofás, camas, abajures e bicicletas. Casas desmontadas para ser armadas em outro lugar. Não se carregavam caixões nesse tipo de mudanças. Não tinha sentido ir embora de um país com quadros, carros, roupas e mortos. A ideia de encontrar um caixão era tão absurda como vê-lo enfeitando uma sala de jantar, e foi essa imagem (um féretro decorativo, um ataúde ornamental) que logo me pareceu engraçada e deixei escapar uma risadinha tímida, mas que ressoou como uma grande badalada. Senti a presença de Paloma às minhas costas. Estava me seguindo. Eu, como sempre, seguia Felipe, que havia parado à direita do hangar, de onde me chamava com uma voz alquebrada, uma prece.

Felipe estava parado em uma posição incômoda (seus olhos se adiantavam ao resto de si mesmo), e com o torso se projetando para a frente, como partido em dois, me implorava que me aproximasse, Ique, venha vê-los, olhe. Avancei vacilante (meu pulso bombardeando meus ouvidos: dois, quatro, seis segundos desesperadamente perdidos). Cada um de meus passos mais curto que o anterior. Cada inspiração mais breve (respirar o imprescindível). Não queria saber o que Felipe tinha encontrado. Não estava preparada para isso mas de todo modo continuei andando, contendo o desejo de começar a correr e nunca mais voltar. Parei junto dele e de soslaio olhei seu rosto quinhentos anos mais velho. Paloma parou ao meu lado, muda. Nosso desfile perdeu sua ordem rigorosa e ficamos assim, alinhados (sobressaltados como crianças descobrindo o mar ou a dimensão exata de uma morte).

Eram dezenas. Não. Muitíssimas mais. Centenas de caixões esperavam um sobre o outro e um ao lado do outro em filas intermináveis, em corredores lapidários; um imenso labirinto construído desde o chão até o teto do hangar: féretros plastificados, féretros forrados de papelão, caixões de madeira menores, maiores, mais estreitos e finos, claros e escuros. Dezenas de corredores paralelos e ordenados. Centenas de mortos querendo voltar, retornar, repatriar-se (e tentei fazer uma lista rápida, um inventário improvisado de cadáveres: quinze caixões de madeira, vinte forrados de compensado, oito em seus féretros mal envernizados).

Incrível, sussurrou Felipe depois de um interminável silêncio. É incrível, repetiu, e sua voz parecia abrir caminho das profundezas de seu íntimo, de longe, de antes, de um lugar impreciso e obscuro, uma voz empoeirada que havia esperado pacientemente para voltar, guardada para aquele momento, idêntica à que eu tinha escutado anos atrás: incrível, dissera aquela voz enquanto nos escondíamos atrás dos arbustos de amoras em Chinquihue, na única viagem que minha mãe e eu tínhamos feito ao Sul, quando sua avó Elsa nos pediu que o pegássemos, que Felipe ficasse conosco naquele inverno; ela tinha sido inundada de tristeza, venham logo e levem-no embora. Ele e eu nos ajoelhamos atrás dos galhos e dali do chão ficamos espiando as duas. Sua avó observava minha mãe com seus olhinhos minúsculos, as pálpebras grossas como ataduras. Minha mãe, ao contrário, não olhava para a avó Elsa; tinha a vista cravada no céu, como nós. Porque o que havia suspenso no ar era assombroso: um cordeirinho pendurado de ponta-cabeça nos ramos de um carvalho. Uma fruta suave e macia, a ponto de se desprender. Felipe e eu vimos tudo, protegidos pelas amoras. Vimos o fio do facão atravessar o pescoço do animal. Vimos o sangue cair em um fio viscoso, que formava gotículas brilhantes e espessas. Incrível, disse Felipe com a boca entreaberta, enquanto aquela nuvem cor de chumbo se esvaziava aos borbotões, derramando cântaros vermelhos que encheram uma panela com coentro e *merquén*. Paciência, disse a avó Elsa à minha mãe sacudindo a panela para espalhar o líquido. Paciência, Consuelo, é preciso esperar que o sangue engrosse, espere um segundo. Porque de repente o sangue coalhava e mudava. Transformava-se em uma substância distinta, mais escura, uma matéria nova que a avó Elsa fatiava em pedaços moles para que se dissolvessem na boca vermelha delas. Incrível, repetia Felipe como se presenciasse um milagre, enquanto eu olhava para o animalzinho e depois para ele, querendo tapar seus olhos, abraçá-lo e dizer-lhe que os fechasse com força, Felipe, não olhe, não escute, não fale, feche-se inteiro, eu vou ser sua tataravó e sua avó; eu vou ser seu pai. Mas não fui capaz de prometer-lhe nada e não fiz mais que ouvir aquela palavra que agora regressava. Incrível.

Paloma não falou ou talvez não soube o que dizer, mas caminhou decidida, como se houvesse dado uma ordem a si mesma: mexa-se. Respirou fundo, prendeu o ar e se dirigiu até a primeira fila de ataúdes, metódica como sempre. Felipe entrou no segundo corredor. Não acredito, disse de longe. Tão ordenados, Iquela, tantos, tantos. Sua voz se transformou em um murmúrio distante e eu o perdi de vista.

Entrei e saí dos corredores sussurrando as mesmas duas palavras: Ingrid Aguirre, Ingrid Aguirre, como se tentasse, com esse nome, consertar algo irremediavelmente quebrado: o erro de meu pai (de Rodolfo, de Víctor), a morte de Ingrid (ou de Elsa ou de Claudia ou de seus duplos, seus codinomes), entregando o cadáver como uma oferenda que me libertaria. Examinei cada uma das filas sem medo, convencida de que essa era minha oportunidade, a possibilidade de encontrá-la e fazer algo importante, *chave*, vital. Algo meu. Como se eu mesma tivesse desenhado esse labirinto e só eu pudesse escapar dele, procurei com uma calma extraordinária. Eu sim podia acreditar: eu esperava, eu olhava, com certeza eu sabia.

Caminhei entre as filas como percorrendo as estantes de uma interminável biblioteca, tentando encontrar alguma lógica: alfabética, cronológica, temática (mortos ordenados por *causa mortis*, por ideologia, por altura; cadáveres classificados de acordo com seus anseios de voltar ou a dimensão de suas saudades). Perambulei entre dezenas de números e nomes, entre sobrenomes familiares e origens desconhecidas: Caterina Antonia Baeza Ramos, 1945, Estocolmo-Panitao, Jorge Alberto Reyes Astorga, 1951, Montreal-Andacollo, María

Belén Sáez Valenzuela, 1939, Caracas-Castro, Juan Camilo García García, 1946, Managua-Valdivia, Miguel, Federica, Elisa, 1963, 1948, 1960, Til-Til, Arica, San Antonio, Curicó, Santiago, Santiago, Santiago.

Na sexta ou sétima fileira, depois de percorrer uma centena de países e cada uma das províncias do Chile, justo no meio de um corredor compridíssimo, com dois caixões abaixo e um apoiado em cima, reconheci seu nome: Ingrid Aguirre Azocar, 1953, Berlim-Santiago. Parei diante dela. O papel estava escrito à mão com caneta azul e uma letra caprichada (palavras idênticas em castelhano e alemão: palavras-espelho). A etiqueta estava grudada com cuidado no plástico e o plástico forrava a madeira que guardava um corpo que não guardava nada (ou uma tristeza, um rancor, uma saudade incalculável).

Toquei o papel e reli as palavras uma a uma (até que se dissolvessem em sílabas e as sílabas em letras e as letras em um traço indecifrável; uma mancha azul; apenas um desenho). Permaneci imóvel diante da folha: uma simples etiqueta que eu podia descolar e esconder no fundo do bolso, um papel que eu podia eliminar com um sopro, prolongando aquela busca por anos, pelo resto dos dias de Paloma, dando-lhe assim um motivo e que ela não tivesse de procurar nunca mais nada, pois seu destino ficaria ligado à história de sua mãe perdida (e de nossos pais e todas as coisas que eles haviam perdido alguma vez). Considerei tirar o papel e substituí-lo por um novo: um nome genérico e qualquer sobrenome, ou uma chapa, talvez (Víctor, Claudia, um arsenal de nomes concretos). E depois pensei em mentir a

Paloma; teria de continuar procurando sua mãe pelo resto dos dias, eu sentia muito, muitíssimo. Podia parar sua vida nesse instante, apagar Ingrid e depois pegar o telefone, ligar para a minha mãe e dizer que mais uma vez ela tinha perdido sua amiga, que eu nem sequer fora capaz de fazer algo tão simples quanto aquilo.

Fui tomada por uma agitação nova, como se tudo ardesse, como se eu já não pudesse me conter dentro de mim mesma, como se não houvesse nada além de vozes e estática e vazio, e tudo o que se seguiu foi muito confuso. Sem me dar conta, afastei meus dedos do papel. Retrocedi alguns passos até apoiar as costas contra a parede de caixões. Meus punhos se fecharam, minhas unhas se enterraram nas palmas (quatro meias-luas vermelhas) e permaneci assim por um momento, paralisada, sem conseguir tecer uma só ideia, todas as minhas letras desemaranhadas no chão, palavras graves e desarranjadas que me abandonaram de repente, deixando-me terrivelmente sozinha; sozinha e com uma vontade estúpida de chorar (lágrimas sobre um rosto ensopado). Mas em vez de fazer isso respirei fundo, contive aquele ar denso (usado, expirado, vencido) e deixei que minha voz saísse estrondosa, quebrando algo dentro de mim.

Eu a encontrei, disse.

E repeti estas palavras antes de que me arrependesse: eu a encontrei.

1

O cara de macacão alaranjado não me disse nada disso, uma coisa é uma morta e outra um monte de cadáveres me esperando nas suas casinhas retangulares: não mais nas suas fossas no chão, não mais armazenados em caixas de serviços frios e médicos e legais, não mais largados nos pontos de ônibus e nos parques, agora são bem burgueses os cadáveres e melhor assim, claro, melhor ter mortos obedientes, preparados pra cruzar em tropas a cordilheira e que eu os subtraia aos punhados: menos três, menos seis, menos nove mortos que devo subtrair e depois contar em separado cada um dos seus ossos, sim, embora eu fique confuso com tantos ossos, me chateia a quantidade de mortos de Lisboa e da Catalunha, de Leningrado e de Stalingrado, porque lá do pretérito imperfeito viajaram ao Chile mas não chegaram, não, por isso tenho que me acalmar e respirar fundo, inspirar e reter o cheiro e manter a calma, embalsamar a calma no formol e só então cruzar a cordilheira, atravessá-la e trazer comigo a própria Morte, é isso, e já de volta a Santiago, ao coração das cinzas, devo parar um segundo, me curvar e exalar a calma embalsamada, e com cada exalação enfiar as minhas mãos num buraco, uma cova que vou fazer com as minhas unhas duras, porque vou escavar até que a terra negra esconda as minhas meias-luas, as minhas cutículas, as minhas unhas transformadas em cascos de vira-lata, sim, e com as minhas quatro patas peludas e o meu focinho pontudo vou cavoucar, com as minhas garras sujas vou arranhar as cinzas até desenhar uma listra horizontal, uma longa linha em que se escreva "menos", sim, e então vou enterrá-los, nesse menos vou fundi-los, cravá-los, baixá-los com cuidado a essa minha terra ressecada, vou plantar os ossos e depois contemplá-los com os meus olhos, as minhas centenas de olhos estáticos ao ver esse montículo de terra fértil, e então, quando cada um dos meus mortos estiver embaixo da terra, vou escavar outra vez o mesmo buraco, cavar e tirar a terra pra desenterrá-los, um por um exumá-los, lambê-los e velá-los outra vez, todos os dias e todas as noites de toda a minha vida, até que já não reste território sem remover, até arar os desertos e os povos fantasmas e as praias sujas e os pomares, até compensar cada um dos funerais perdidos, é isto que eu tenho que fazer, levar esses corpos e enterrá-los pra que no fim os mortos e as sepulturas coincidam, os nascidos e os enterrados, sim, esse é o meu plano, mas então me distraio, a Iquela fala comigo, a Iquela grita alto que a encontrou, isto é o que ela diz, eu a encontrei, e me aproximo e não pode ser, porque ninguém encontra o que não procura e a Iquela nunca quis achar essa morta, mas repete que a encontrou e só então eu a vejo: há um caixão e um papelzinho com o seu nome, e fecho os olhos espantado e toco na madeira com a minha mão suada, porque eu que devia encontrá-la, Iquela, eu, puta que pariu, deixe de se meter onde não foi chamada, porque a morta é minha, é minha subtração, que merda, e a sua madeira é a mais lisa de todas, tão lisa e macia que me dá nojo, sim, porque eu tenho nojo de coisas lisas e o nojo me afasta e eu retrocedo e me escondo pra cuspir a minha náusea, tenho que tirar de cima de mim esse cheiro rançoso, o cheiro asqueroso da morte, por isso vou pra trás de outros caixões, caminho cambaleando e me escondo da gringa pra pegar a meia secreta, porque guardei aquele líquido pra mim, sim, pra me apagar, pra me dissolver, por isso eu o agito, faço um brinde a mim mesmo e tomo um gole, dou uns tragos molhadinhos e o líquido vai me matando devagar: mata o cheiro, mata o que é liso, mata o medo e as cifras, mata o ódio e a inveja, e tomo outro gole e sinto que levito sobre o meu corpo e que a gringa me surpreende embora eu não saiba se ela me vê, porque me apago aos poucos, vou me esgueirando e volto pra onde a Iquela está com a famosa Ingrid, ando até ela, me aproximo invisível e a vejo empurrando o caixão, me ajuda, porra, Felipe, e eu não entendo o que ela está falando e estou enjoado e sinto frio e não quero o vômito quente na minha garganta e por isso paro bruscamente e me aguento, Felipe, estou falando com você, me ajude a arrastá-la até o carro, e eu me aproximo e apoio as mãos na madeira e a madeira é lisa e eu a empurro, é isso, com todas as minhas forças de animal eu a empurro mas ela não se mexe, não, puta merda como é pesada essa Ingrid, mas eu sou forte, sim, empurro a dor e a madeira e o asco também o empurro, e o caixão por fim se sacode, sim, se arrasta e avança e eu uso todas as minhas forças selvagens e resmungo e transpiro e centenas de olhos me olham, milhares de olhos me vigiam atrás das madeiras, sim, e você tem os olhos do seu pai, me dizia a minha vó Elsa, são iguaizinhos, e eu me esforço e digo não, isso é mentira, e é a minha voz que fala e eu já não quero escutar a minha maldita voz, já não quero ouvir mais nenhuma bosta de frase saindo da minha boca e por isso me calo, porque eu tenho olhos de vaca, puta merda, tenho olhos brandos e salgados e não tenho olhos de pai nenhum, os meus olhos são meus, meus, meus, sou filho das pétalas e da minha tataravó e de mim mesmo, é isto que eu sou, filho de mim mesmo, e com a minha força de vira-lata por fim a arrasto, como se quisesse fender a terra, arar uma trincheira, sim, e o caixão cai no chão com um estrondo e recupero o fôlego e empurro mais e mais e o subo na rampa do carro até os trilhos, os trilhos do General que devem ser frios, porque eu sinto frio e a morta também sente frio, embora o General a abrigue, este carro que por fim está cheio, sim, e respiro fundo e tomo fôlego e vejo então que tudo se parte, o depósito se divide ao meio graças ao líquido mágico que me cura, e a Iquela se divide também e eu a vejo partida ao meio e beijo a minha mão e lhe envio um beijo sonoro e partido, um beijo de tataravô, ou seja: tchau, tataravozinha, grito-lhe em silêncio, tchau, minha tataravó, lhe digo, te amo muito, muito, e me enfio rápido no carro e dou a partida, e o General cospe e se sacode, e vejo a gringa tirando fotos dos mortos, todos aqueles mortos que eu abandono sem olhar pra trás, porque engato a primeira e piso fundo no acelerador, acelero porque essa morta é minha e querem tirá-la de mim.

( )

Custei a entender o que havia acontecido. As portas do hangar ainda se debatiam contra o lintel e o carro se afastava rapidamente pela pista do aeroporto quando Paloma me tomou pelos pulsos, exigindo uma explicação: não pode ser, disse, ela é minha.

O General desapareceu no horizonte e Paloma não tardou em substituir sua surpresa por fúria: se por acaso aquilo era uma brincadeira de mau gosto, se pretendíamos assustá-la, se Felipe e eu tínhamos tramado aquele jogo perverso. Sua voz soou desmedida (um timbre infantil, mal calibrado), e tentei explicar que eu também não estava entendendo o que acabara de acontecer. Felipe tinha ido embora e essa não era nada mais que sua maneira de obrigar-me a alcançá-lo o quanto antes (ser seu testemunho, sua sombra).

Uma velha imagem de Felipe (empoeirada, quase extinta) surgiu de repente diante de mim, como se eu a houvesse enterrado há anos e ela ressurgisse para me obrigar a revivê-la. Felipe agachado a poucos passos de mim, indicando-me com a mão que eu também me agachasse no jardim, em nossas marcas, ordenados (a rua dividida pelas barras de ferro do portão). Está pronta, Iquela?, seu tom cada vez mais furioso, aquela voz que eu gostaria de esquecer para também apagar essa lembrança (ou ao menos não gastá-la em vão). Preparada, Ique?, as palmas das mãos em minhas costas, desafiando-me, perguntando-me pela última vez se por acaso eu seria forte o bastante, se estava certa de que poderia fazer aquilo. Eu assenti calada, agachada, minha boca seca, a saliva amarga, meus dentes mastigando o medo, antecipando a dor, esperando a instrução que nos lançaria ao chão. Em suas marcas, prontos, já! Esse era o grito que nos fazia desabar na terra, Ique, sem truques, exclamava ele avançando com dificuldade, era proibido ajudar-se com as mãos ou levantar as pernas, Iquela, de joelhos, me alertava Felipe atravessando o portão diante de mim; só os joelhos deviam suportar a fileira de pedras que ele mesmo havia distribuído pelo caminho. Porque minutos antes Felipe percorria a rua com os bolsos cheios de pedras e as distribuía em nossa rota. Corrida de obstáculos, dizia me provocando, enquanto eu olhava horrorizada as pedrinhas jogadas na calçada; cristais diminutos que resplandeciam sob o sol antes de se cravar em minha pele, renovando a dor a cada passo, sem parar. Até que a dor me obrigava a parar e me render; Felipe se afastando de mim. Ele e sua corrida de sacrifícios, com seu troféu enterrado nos joelhos, continuando essa peregrinação de uma volta no quarteirão e o regresso triunfal à nossa meta: a porta da casa de minha mãe, que lá do jardim nos observava atenta, regando, apostando em segredo quem ganharia a corrida (inundando a grama, o caminho, encharcando essa lembrança). Felipe voltava para casa à beira das lágrimas e do riso, ofegando, tossindo, as narinas infladas e o rosto escorrendo de suor, tomado por uma agitação terrível que apenas minha mãe era capaz de conter. Vá já pra dentro, Felipe, sacuda essa terra, limpe as feridas com salmoura, troque de roupa e se arrume: é você quem vai escolher o jantar, hoje vamos comer o que você quiser (Felipe voltando, retornando, repatriando-se de joelhos).

A recordação me levou para longe dali e o entardecer me tomou de surpresa à saída do hangar. O guarda da guarita de vigilância vinha até nós procurando o carro, tentando esclarecer com os olhos algo que nem sequer conseguiu nos perguntar. Paloma se aproximou e o encheu de perguntas sem lhe dar trégua. Ele parecia genuinamente perturbado. Negou com a cabeça mordendo o lábio inferior e depois de uma longa pausa, juntando as sobrancelhas em uma linha compacta sobre os olhos, disse que não sabia: jamais suspeitara que o caixão era da mãe dela. Pensou que o parente (o filho, o enlutado) era o rapaz.

Ele nos explicou que na noite anterior havia cruzado com Felipe no bar. Eu estava tomando uns tragos e nada mais, disse a modo de desculpas, quando sai do banheiro esse menino cambaleando, bêbado, drogado, sei lá, e se aproxima de mim querendo brigar. É claro que eu o achei um pouco chato, mas sempre é preferível uma bebedeira a uma briga, então o convidei a tomar um trago (um gole, dois, o líquido girando enlouquecido). Estávamos nisso quando o rapaz fica um pouco doido, tremendo, pálido como um morto e me conta assim, todo trêmulo, que havia perdido alguém importante (e Paloma olhou para ele enfurecida, como se tivessem lhe tirado um objeto muito estimado). Um tal... Felipe, é isso, disse o guarda tirando um maço de cigarros do bolso de seu macacão. O rapaz tinha perdido um tal de Felipe e embora eu, no começo, não tenha entendido nada, depois soube, acrescentou acendendo seu cigarro e aspirando como se todo o ar do planeta estivesse armazenado nesse filtro, soube que devia ser alguém importante. Acho que eu nunca tinha visto um rapaz tão agoniado. Tristíssimo, disse o guarda soltando a fumaça e escondendo o rosto por trás daquela fumaceira. Contou-me que sua morte tinha sido espantosa (flutuando no rio, pendurado nos fios, afogado em cinzas). Era feio morrer, foi isso que o pobre moleque disse, choramingando, horrível, que eu devia evitar a morte a todo custo, que ele não ia morrer por motivo algum, e eu achei o comentário estranho, porém mais estranho foi o que ele me contou sobre umas sepulturas vazias e uma soma ou uma subtração, mas o que é que eu sei? (nada, não sabia nada).

Paloma o escutou em silêncio, com os olhos muito abertos, forçando-os até o limite de suas órbitas. Eu também não o interrompi. Um avião nos sobrevoou e se esfumaçou em um ponto impreciso do céu, e o guarda aproveitou o barulho para oferecer um cigarro a Paloma. É o último, disse e pegou um fósforo com o qual acendeu seu cigarro. Ambos aspiraram em sincronia, uma pausa insuportável, um silêncio que só foi interrompido pelo estalido das turbinas. O guarda continuou seu relato. Por isso é que eu deixei o hangar aberto. Falei pro garoto a respeito desses ataúdes e contei que podia encontrá-los no 7, disse apontando as portas. Claro, ele estava me fazendo um favor. Porque esses caixões estão aí há muito tempo, como se ninguém nunca fosse reclamá-los. E aqui estamos nós, envolvidos nesse cheiro, nesse cheiro de merda, perdoe a expressão, disse a Paloma dilatando as narinas. É um cheiro nauseante e eu não sei o que fazer, as autoridades não sabem o que fazer. Ninguém quer se encarregar do problema: o que fazer com todos esses mortos? O homem jogou o cigarro no chão, esmagou-o com o sapato e, sem erguer a vista (um fogo transformado em simples cinzas), pediu a Paloma que o perdoasse. Nunca me passou pela cabeça que o caixão não era do menino. Quem andaria tudo isso por um cadáver alheio? Embora, na verdade, o que importa de quem são os mortos, não? O problema não é esse, acrescentou franzindo o cenho. O problema é outro, disse já mais convencido. Temos que nos ajudar com os mortos, há muitos deles.

O guarda foi até o hangar, pegou a corrente metálica, fechou as portas e, com um ar resignado, se ofereceu para nos levar ao centro da cidade. Disse que em Mendoza poderíamos alugar um carro para voltar a Santiago e que com um pouco de sorte alcançaríamos Felipe na estrada; isso era tudo que ele podia fazer por nós, o resto não cabia a ele (os restos, na verdade). Paloma aceitou sua ajuda sem me consultar. Eu me distraí com a decolagem de um avião e o eco intruso de minhas ideias: talvez devêssemos nos encarregar dos ataúdes, talvez cada um desses féretros amontoados, essa interminável lista de nomes e sobrenomes, quem sabe todo esse hangar me pertencesse (como as cinzas e a obrigatória cordilheira).

Olhei fixo na direção do sol, sem esperar ao menos uma resposta. E ali, rendida diante da pista, antecipando-me a esse caminho tão interminável quanto nossa busca, imaginei tudo que aconteceria: de novo a trilha de sangue atravessando o chão, indicando-me o caminho limpo, já expiado por Felipe; de novo meu corpo desmoronado sobre os joelhos e o desapontamento de minha mãe atrás de mim; e de novo Felipe nos arrastando para ela, seus joelhos esfolados e sujos, duas placas negras de sangue.

Tive a certeza, a convicção de que tudo que eu devia fazer para ganhar aquele olhar (uma lâmina brilhante: lave as feridas com salmoura) era desmoronar e avançar, ajoelhar-me e arrastar-me até a caminhonete do guarda, e depois me sentar entre Paloma e ele para ler o mapa de regresso.

Como se tivesse de completar essa recordação de Felipe, uma corrida já perdida desde o início, ou fosse meu dever tapar os buracos dessa memória despedaçada, cada detalhe de meu regresso apareceu em uma sequência nítida, abrindo uma fenda para trás (uma falha, uma errata). Vi-me a mim mesma voltando sozinha pelas montanhas, demorando dias, semanas inteiras subindo de joelhos as colinas, atravessando cada uma das cadeias da cordilheira e as densas cortinas de cinzas, avançando resoluta até a meta (a casa, minha fuga). Vi a luz cinzenta que deixaria o céu opaco, as curvas e os escarpados de Los Penitentes, os vinhedos arruinados pelas cinzas e os campos cobertos de pó. E me vi entrando por fim na cidade, minha cidade; os olhos fixos nas cinzas que continuariam caindo, a poeira horrível aniquilando parques e casas, enfiando sob seu manto de pedras moídas tudo o que eu havia visto alguma vez (cidades envoltas em lençóis brancos). Ali buscaria as pegadas de Felipe: na espantosa calma dos passos. E seguindo o rastro mais profundo, depois de me perder durante horas, o encontraria: o carro fúnebre parado na Alameda, e em seu interior, muito quieto, Felipe esperando deitado de costas. E eu me aproximaria para falar com ele, para dizer que viesse comigo, que se esquecesse de tudo, tudo, tudo, mas seria então tomada por uma estranheza. Como se aquele homem fosse um desconhecido, como se aquela pessoa deitada no carro não tivesse nada a ver com meu Felipe, como se encarnasse outro homem e não a si mesmo, ele seria um perfeito estranho, um rosto vagamente familiar escoltando um ataúde, suas mãos dóceis enlaçadas sobre o peito (um peito coberto de palavras como gruta, fossa, ordenável). E apenas naquela rua, pela tristeza do desencontro, eu tomaria o volante do General e me atreveria a olhar pela última vez a cordilheira, a montanha vigilante, para ver palavras como esta, como vigiar, derrubadas na estrada. Porque dali eu veria cada frase que abandonei durante meu regresso (ou minha regressão, não tinha certeza). Palavras como peremptório e arsenais permaneceriam nos cumes, abandonados trilhos e queloides (e estertores, estrias, lascas). Porque apenas me esvaziando é que eu seria capaz de encarar a viagem (desfazendo-me de crostas, dores, lutos; pagando com sílabas aquela dívida incalculável, uma dívida que nos desfalcaria até nos deixar mudos). Dirigiria até o portão de ferro e ao chegar, exausta, agitada, veria as folhas da grama sob a água turva (a água estancando sílabas, letras, toda uma linguagem alagada). Estacionaria o carro na porta e precisamente ali, bloqueando o portão da casa (em nossas marcas, sob o umbral de nossa meta), abandonaria aquela oferenda negra e retangular: em frente ao jardim onde minha mãe estaria regando. Porque eu veria minha mãe regar mais uma vez e a contemplaria por um momento (seus pés enfiados no lodo com cheiro de terra velha, mas minha).

E eu me aproximaria sem fazer barulho (porque não devíamos fazer barulho), com muito cuidado (porque devíamos ter medo, filha, é preciso estar preparado). Caminharia até minha mãe observando-a com ternura, sustentando o peso de todas as coisas que ela já tinha visto (sustentando restos, dívidas, dores). E com uma voz antiga, uma voz herdada mas não por isso menos minha, usando sílabas deterioradas e intraduzíveis, palavras finais que me deixariam desabitada, em um deserto que seria preenchido com outras frases (com uma linguagem perene e vegetal), eu lhe diria com um quê de tristeza: eis aqui Ingrid Aguirre, aqui está Felipe Arrabal. E a abraçaria (sua pele tão perto dos ossos e seus ossos tão perto dos meus), e só então, no interior do perfeito parêntese que nossos corpos formariam ao se unir, eu lhe diria finalmente: mãe, eu faço isso por você.

Fui tomada por uma vertigem, como se todo o ar de meu corpo me abandonasse de repente e me fizesse desabar em um espaço vazio. A buzina tocava a poucos metros dali, onde o guarda nos apressava agitando o braço do interior de uma caminhonete. Paloma cuspia ordens desconexas: que eu me mexesse, estavam nos esperando, não era hora para dúvida. E atrás dela, no fim da pista, demarcando os limites de uma paisagem adulterada, um sol purpúreo se ocultava entre as montanhas: não se afogando no mar, mas se escondendo atrás da própria cordilheira que do outro lado era sua origem.

Paloma avançou alguns passos em direção ao guarda mas em seguida titubeou, e virando-se para mim, tomou minha mão e disse que ela não saberia por onde começar, Iquela, vamos, por favor. A buzina se calou e nessa pausa ouvi o murmúrio do crepúsculo: o vento agitando os galhos de um bosque distante. Paloma insistiu em que eu partisse com ela, que subisse na caminhonete e juntas atravessássemos a montanha, que os encontrássemos onde estivessem, e enquanto falava (distante, afastando-se), cada vez mais exasperada, vi muito perto de nós, iluminados pelos faróis da caminhonete, dezenas de pássaros preparando seu voo, as asas cintilantes pela luz. Minha cabeça começou a se agitar de um lado para o outro, negando-se enquanto calculava a distância entre nós e aquelas aves. Ouvi a mim mesma falar tranquila, decidida (uma nova voz, recém-nascida). Te vejo depois, disse a Paloma aproximando meu rosto para lhe dar um beijo. Eu te encontro mais à frente, acrescentei abraçando-a, lembrando-me de nosso primeiro encontro (perguntando-me se uma nostalgia nova palpitava dentro de mim ou ainda pulsava a de nossos pais). Paloma subiu na caminhonete, acenou-me em despedida e a vi partir, deixando diante de mim aquelas asas que se agitaram em uníssono, lentamente, a perfeita sincronia dos pássaros em voo, desligando-se da terra em meio a um arrulhar desconhecido, um barulho que explodiu de repente em uma algaravia irreprimível.

0

E eu acelero fundo pra não me enterrar no cimento macio, nesse barro cinza, nesse pus, ou seja, pra não me fundir no pus secretado pela montanha, a cordilheira dizendo em segredo que eu prossiga, que acelere, porque pra ser um motorista de primeira se aceleeeera, cantávamos quando se costumava cantar, a Iquela e eu gritávamos em uníssono pra não escutar, pra não ouvir o que a boca da montanha diz, porque diz em segredo que eu suba, que cruze, que não importam os vinte, os quinze, os dez quilômetros por hora afogando o motor do General, mas isso não é tão simples, não, não é fácil cruzar a cordilheira cinzenta, mas de qualquer forma eu subo e suo e abro as janelas pra refrescar um pouco o carro, baixo os vidros apesar de saber que o pus está do outro lado, o maldito pus que entra como uma onda pelas mangas da minha camisa, sim, e esse veneno se gruda à minha pele, esse vírus que quer infectar os meus olhos, por isso choro lágrimas acinzentadas que me umedecem, e o pus e as minhas gotas se mesclam e as cinzas me cobrem por completo e alguma coisa acontece, o General estremece e se sacode, shhh, calma, vamos ver, devagarinho, ponto morto, mas está afogando, vamos com calma, mas ela tosse, grunhe e se nega a andar, não, não quer subir, puta merda, o carro entra em pane e não há como convencê-lo, entregou os pontos, e não me resta outra coisa a não ser descer, e só então, quando planto os pés no chão, vejo o buraco em que me meti: é o cume de todos os cumes, o pico, o zênite do cinza, aqui veio morrer o General, o carro fúnebre quebrado e em silêncio, shhh, que descanse em paz, e eu escuto o seu último estertor, um bramido e uma fumaça espessa que o rodeia, funde-o, afasta-o, porque a fumaça do motor faz desaparecer Ingrid Aguirre, Berlim-Fumaça, e eu então, rigoroso e matemático, a subtraio, ou seja, menos uma, anoto, menos uma, grito, menos uma, mas não basta!, eu a subtraio mas não chego a zero, puta merda, a mãe da gringa não era a minha morta, é uma morta genérica, uma impostora, uma farsante, sim, por isso me ajoelho rendido e a contemplo, um caixão defumado na montanha, um féretro escarpado, uma tumba transformada em cordilheira, não pode ser, e tomo um gole do líquido branco, um grande gole pra me apagar, pra não sentir a dor que se espalha e exige que eu olhe a minha própria pele, a minha nova pele que já não é escura, e vejo as minhas pernas e tampouco são pernas nem os meus braços são braços: já não há cotovelos nem dedos nem pulsos, agora estou coberto de escamas, não, é outra coisa, é uma pele brilhante e seca, são penas alinhavadas na minha pele, penas que cuidam de mim, me protegem, me distinguem, e os meus olhos tampouco são meus, estão ressecados e claros, cristais quebrados, sim, e os meus olhos quebrados descobrem a minha leveza, as minhas pupilas esmigalhadas veem o meu corpo alado e lá embaixo veem também a cidade inerte, a cidade que é um ninho profundo, o umbigo e as ideias da noite, isto é Santiago: um ninho circular como será o meu voo, porque devo esquecer o General e voar até o centro, descer até a minha casa, voltar, é isso, portanto me levanto, abandono essa morta maquiavélica na sua fumarada, dou as costas a ela, me sacudo e inspiro decidido todo o ar, me encho de cinzas e começo a abandoná-la, a abandonar-me, a correr: corro pra aprender a usar as minhas penas, agito-as com toda força pra descolá-las, pra endurecê-las, mas não consigo, não, pesam tanto essas asas novas, penas de pedra, que bosta de asas inúteis, era só o que me faltava, mas continuo correndo durante horas e entardece e depois anoitece e eu insisto em sacudi-las na escuridão e tento de novo, no próprio caroço da noite tento uma vez atrás da outra, até que a escuridão se retira e me pega agitando as minhas asas à aurora, e com essa aurora deixo pra trás a cordilheira mortuária, desço pelas colinas do leste e chego de repente a Santiago, uma Santiago repentina que me alerta, me vigia, me encarcera, sim, e penetro nas vielas que desembocam por fim na Alameda, essa larga Alameda onde eu paro bruscamente, pasmo, entendendo por fim o meu sinal: essa rua é a minha pista, esse cimento é a minha rota, não o aeroporto, não Mendoza e sim essa Alameda vazia, por isso recupero o fôlego, um, dois, três segundos, e olho pro poente, quatro, cinco, e tomo o que resta do líquido branco, seis, sete, e estremeço e respiro fundo, oito, respiro fundo, nove, ganho impulso, dez, e então corro como nunca corri antes, como só se corre pela última vez na Alameda, vou a toda a velocidade pelo meio da rua e deixo pra trás os edifícios e os monumentos, deixo pra trás Santa Lucía, La Moneda e as fontes sem água, corro pelo centro como correm as grandes aves, as que começam o voo lentas e pesadas, e os meus vira-latas tristes me perseguem, os meus órfãos que uivam e se despedem de mim, e eu continuo sacudindo as minhas asas trêmulas, correndo até me empinar, subir, voar, sim, mais alto, mais, mais, e as minhas asas por fim se projetam e o chão se desprende das minhas garras e as minhas pernas se dobram como se soubessem, como se recordassem que devem se fundir, e sinto o meu peito preenchido por um ar fino, um ar leve que me eleva como hélio e eu me engancho na corrente e as minhas unhas se retraem e a minha coluna se expande e sou tão leve, sim, o amanhecer desperta por fim as minhas asas, é isso, estou voando, sim, estou voando com as minhas asas estendidas, asas tão largas que não vejo as pontas de mim mesmo, os limites dos meus braços que se agitam serenos e formosos, e o vento sibila com a fricção do meu corpo e eu suspiro alegre enquanto plano, me balanço em cada sopro do ar que me abriga, porque o ar de Santiago me agasalha, o céu desmorona pra me tocar, se desmancha em cinzas pra me embalar, e o que eu quero é voar pra sempre, cada vez mais alto até desaparecer e não ser mais que um esquecimento, por isso subo às alturas e deixo pra trás a Alameda vazia, e se afastam os meus vira-latas e as copas das árvores, e se afasta a Pío Nono e o relógio do tempo suspenso, e se afastam de mim os estorninhos e as pombas e as ratazanas tristes, e ficam pra trás as minhas flores solitárias e os pais solitários e os filhos solitários, porque subo até não ver nada mais além da nascente distante do Mapocho, essa curva que eu conheço como a mim mesmo, porque a bacia do rio está enterrada na minha pele, na linha da palma da minha mão, o canal do meu sangue atravessa a cidade, essa cidade que é

meu corpo, meu ninho, meu zero, sim, e nas alturas sou
tomado por um formigamento, uma febre que me assola,
uma dor que fecha os meus olhos na superfície do céu, porque sinto as ideias negras me devolvendo à terra, me puxando, me chamando, uma vertigem que me sacode até me
empurrar céu abaixo, e o meu corpo cai, a minha dor cai, o
ar cai e as minhas asas cansadas também caem, ao ver a
minha sombra cada vez maior no chão, uma sombra sem
forma que significa luz, é uma luz que me atravessa o rosto
e me ilumina, deslumbra as pupilas dos meus poros e ilumina a minha descida abrupta, a minha queda inflamada, o
meu próprio incêndio, sim, porque sou um fogo com asas de
sol em queda livre, é isso, e é o medo, é a urgência que me
permite ver o incêndio que eu derramo em Santiago, no asfalto cinza sob o meu corpo exausto, e enterro as garras no
meu ninho, no centro exato dessa praça, e me aconchego no
chão e me misturo ao que resta, entre os restos, entre a secura estéril das cinzas, e com o meu último suspiro abro os
olhos pro relâmpago, pro feixe que ilumina Santiago e clareia
o céu, um céu aberto e profundamente azul, azul azulado,
sim, o azul do fogo que incendeia tudo, porque se queimam
os paralelepípedos e os tijolos e as lojas, ardem os edifícios
e os álamos, se incineram as pétalas e as sépalas e as coroas,
se queimam o todo e as partes, Santiago inteira arde e são as
suas chamas que me iluminam, porque sou o fogo e as cinzas, a ave mais dourada e mais perfeita, por isso devo fazer
isso, já que sou um círculo exato devo pronunciar essas palavras, cantá-las com a minha voz radiante, com o meu canto furioso, com a minha voz que morre e renasce devo gritar

enquanto me ilumino, enquanto nasço a mim mesmo, enquanto as chamas me engendram devo queimar o ar com a minha voz, com o meu último uivo, com a minha cifra: menos um, menos um, menos um.

Matemática mortuária

Como chegar a zero é uma das perguntas que surge como um fantasma, assustadora, vibrante, neste poderoso romance de Alia Trabucco Zerán – escritora que chega, com *A subtração*, para abrilhantar o mundo das letras. Ao lado dessa pergunta que atravessa seu livro há outra também enigmática e aritmética: *como igualar o número de mortos e de sepulturas*, ou como equilibrar a cifra dos que nascem com a dos que terminarão seus dias dentro de um caixão. A urgência em fazer essas contas (em recompilar dados, corpos) é diretamente proporcional à necessidade de uma dor que encontra sua forma contando tanto histórias como mortos.

É importante assinalar que essas perguntas (*perguntinhas*, diz chilenamente um dos personagens), que todas essas considerações *contísticas* surgem em um país habitado, ainda, pelas sombras deixadas pela ditadura. São perguntas dirigidas ao presente de uma Santiago salpicada de cadáveres anônimos ou ausentes – *dominicais, solitários, deslocados, revoltados, solenes, quietinhos, mortos-vivos* ou *mortos de repente* são outros modos de nomear esses restos corriqueiros que entorpecem a matemática mortuária. Porque alguma coisa não se encaixa nas contas chilenas da pós-ditadura: há muitos mortos sem corpo nem memória, há muitas perguntas que carecem de resposta. Mas há outra *perguntinha* ainda mais pungente, mais obstinada: como poderiam se livrar, eles, os jovens personagens de *A subtração*, da pesada herança política que receberam de seus pais e mães? Como eles farão para se distanciar do nefasto repertório do horror? Poderão se tornar, algum dia, protagonistas de sua época, de seus próprios prazeres e dores?

Um dos acertos deste romance retumbante, pontuado por cenas tão peculiares quanto inesquecíveis, é que ele não se contenta em lançar perguntas incômodas: não se esquiva da elaboração da conjectura, não nos protege das deliberações contraditórias dos personagens enquanto decidem o que fazer com todas essas recordações emprestadas e ao mesmo tempo muito próprias. Será que para deixar – suas intuições nos interpelam – os traumas para trás é preciso continuar eternamente contando a sangrenta história do que aconteceu? Será que devemos manter vivo para sempre o dever ético de deixar registrado? Teria mais sentido permitir ao passado ser o que é (sem cair na retórica do esquecimento propiciado pela ditadura) e enfrentar os dilemas do presente com ideias novas, com vozes frescas, com outros olhos?

Esses jovens sabem que o que está em disputa é a autoridade do relato, a propriedade do olhar. Não é por acaso que Felipe (o narrador mais audaz, dono de uma consciência alucinada) se pergunta de quem são os olhos inquietos que encontram sucessivos cadáveres nas calçadas; não é por acaso que responde que, embora tenha o mesmo nome do pai, embora seus olhos sejam parecidos, estes não são de "pai nenhum", e sim completamente seus. Iquela (mais contida e racional, mais aferrada à vida que Felipe) se perguntará, também, de quem são suas ideias, a quem pertence a voz que fala: se até então todas as versões eram de sua mãe, Iquela começará a interrompê-la com observações (entre parênteses) destinadas a quebrar a solidez do melancólico relato materno.

É preciso dizer que há um trajeto paralelo, não só feito de perguntas. As vidas de Iquela e Felipe se irmanaram na desgraça, na delação, no desaparecimento; é por isso que suas vozes se alternam (se completam, se complementam, se contradizem) para relatar como vão deixando, ambos, de ser herdeiros, porta-vozes ou duplos de seus predecessores. Já não repetirão *suas* histórias nem se doerão com *suas* dores. Rejeitarão a solenidade de *seus* testemunhos. Ao contrário do que se afirmou sobre os chamados "romances dos filhos" ou "relatos da pós-memória" em cuja tradição sem dúvida se inscreve A *subtração*, os personagens deste livro reivindicam o direito de se apropriar da memória que é sempre individual: a memória coletiva, como observou Susan Sontag, não é uma lembrança, e sim uma declaração.

Mas eis então a pergunta, a *perguntinha* decisiva.

Como se separa uma memória emprestada ou imposta da memória individual? Como se corta, sem trair, sem sangrar no processo, o cordão umbilical da memória que liga famílias e amarra o passado ao presente? Os personagens centrais procurarão cortar esse cordão vitalício: passar uma borracha e fazer uma conta nova. A oportunidade surge quando Paloma aparece, do exílio (outra enfermidade infligida pela ditadura), com a missão de repatriar sua mãe que acabou de morrer (*os mortos se repatriam*, observa Iquela fazendo a distinção necessária: *só os vivos retornam*). Mas o cadáver fica detido ou é desviado ou novamente exilado à fronteira, levando os jovens a partir para resgatar a defunta. A bordo de um velho carro fúnebre (outro símbolo da morte, ou seja, da mudança), abandonam o passado e soltam as rédeas de suas pulsões eróticas, tanáticas e sem dúvida aritméticas. Só assim poderão se tornar quem são e compreender, na reta ou na subtração final dessa viagem iniciática e talvez sem retorno, que os mortos não são um presságio do futuro nem um sinal do passado, que não pertencem a ninguém: não têm medida, não podem ser subtraídos.

Lina Meruane

Alia Trabucco Zerán nasceu em Santiago do Chile em 1983. Estudou direito na Universidade do Chile e escrita criativa na Universidade de Nova York. Atualmente vive em Londres, onde faz doutorado em literatura latino-americana na University College London. Além disso, trabalha como editora de ficção no selo independente Brutas Editoras. *A subtração* (seu primeiro romance) recebeu o Prêmio do Conselho Nacional da Cultura e das Artes do Chile como Melhor Obra Literária Inédita.

Este livro foi composto em Fairfiel LT STD para a Editora Moinhos,
em papel pólen soft, enquanto Ivan Lins cantava *Deixa eu dizer*.

*

No Brasil, as eleições iniciavam...
e esperávamos que o passado não voltasse à tona.